必见辽阔之地

孙一圣 著

新星出版社 NEW STAR PRESS

新经典文化股份有限公司
www.readinglife.com
出　品

这块大地之下长眠的都是我们的先民，

他们勤于劳动，死于饥饿

我把香插进米饭里，给他们上香

目录

序章一 无果

凡尘所有相，
红橙绿青黄。
一把瘦骨头，
哪来臭皮囊。

——无果

我看到窗外有一匹硕大无朋的鹅，鹅之大大如一场纷纷扬扬的大雪，嘎嘎不止。有个男孩跟在后头呜呜咽咽。“他叫黄鹤，”李富强说，“这是黄韬的儿子。”李富强抢先开了口。我趴在座位上不发一言。李富强叨个不停，像大开杀戒。我头一回听到刀子的故事。

我的高三有好几个，每个都不好过，这回摊上俩同桌。第二个不是李富强，第一个才叫李富强。先说第一个，再聊不是李富强的那个。第二个太枯燥，刚开头给人劫了道。李富强常说，知无不言，言无不尽。我则是，话休絮烦。李富强聒噪不停，待到窗外男孩呜咽，他蓦地缄口不言了。黄韬站在窗口窥伺。这节课李富强被革出教室，我旁边豁个口，下课前有人补了李富强的缺。也是他，只一眼，赶走了李富强。第二天李富强回来，走到这儿步子停到膝盖上，屁没放一个，便把屁股拨进后头空出的座位。他是我的第二个同桌，我没瞧他，他也不理我。好几回，我甚至瞧不见他的脸，更不知道他的名字。他总迟来早退，但凡课上他都一动不动，尽学生所职。下课铃一响，他早是脱缰野马，行事之快仿佛课外世界是一头饿虎乍然扑来，一口吞了他去，动作迅猛，从无活口。

大伙都叫他武松，知不道是不是赤手打虎那个。后来我才认识他，最先认识的是把刀子——真是奇怪，赤手打虎的英雄竟然有一把刀子。李富强他们是发小，不止他俩，还有好些个，多则七八个，最不济也有四个。

武松不是最高的，也不是最壮的，却是最受欺侮的。按章本，小学生的脖子要系红领巾，独独武松他爸为省三块钱，没给他买。是此，每逢阳子西落，武松坐到墙头伤心。远远望去，庞大的太阳吊在他肩头，暮色则是母猪的睡意打四围冒烟。男孩子要嘛，不像小女生，都是玩打仗，掏鸟窝，或翻墙。个个逞强，没哪个能服众，玩嗨的最是墙下比撒尿。拽出一面墙，捡一块背阴地儿，按姓氏排排站，看哪个尿得高，尿完一抖索，把鸡鸡揪一揪，塞回去，只见快活。没哪个是第一，武松当是有输也有赢。他们乐此不疲，尿着尿着，会有壁虎蹿上来，一扭尾巴逃跑了。不知道哪一回，武松掏出一把刀，一刀切掉壁虎的尾巴。壁虎逃了，留个尾巴扭啊扭。不消多久，那壁虎又爬来，早重新长出一条新尾巴。武松手起刀落，又给它切掉了。他们说，它的尾巴咋长出来的。没人拎得清。他们说，要是我们的尾巴也能长出来就好了。我没听到他们说，我们没尾巴。我没听到他们说，我们有鸡鸡。我没听到他们说，鸡鸡不能切。我没听到他们说，扎个漏倒可以。我没听到他们说，尿得高不算球，刀子扎了漏才本事。好一阵子，没球人作声。胡闹的小子们轮番拿刀锋试探试探，擦了皮就喊娘，遂作罢。轮到武松上场，先以刃边刮皮，再拿刀尖刺探刺探，凹进肚皮一小坑。试验有几回，都浅尝辄止，眼看小伙伴要走，武松眼一闭，心一狠，念一声阿弥陀佛，刀子直攮进去，像一列干净凉爽的火车开进左腹，肚皮抽搐几下，刀把挂外头，颤悠悠。没有血流，没有喊叫，不像插刀进肚子，他们一度以为他只是把一根肋骨接出来，挂在肚外头。那天下午，太阳斜着眼，人们匆匆往家赶。武松睁着眼，把手抵在腹上，走在大道上。从后面看，武松像个快要瘪掉的皮球。走到停刀口，武松陡然停下，不再走了。他们问，咋不走了。他说，我想撒尿。他们慌忙给他脱裤子。他说，不是那儿，是这儿。是刀口那儿憋不住，那血要是蹿出来，比谁都尿得高。武松站那儿，不敢动。这当儿李富强他们才知道要出事，登时跑去喊大人，把他送到医院里。嗣后，他只说是停刀口救了他的命。后来，他只道是名字古怪，几番打探，从姥爷那儿得来“停刀口”。他姥爷小时那阵儿，这地方还不叫停刀口，那时节正值日本侵略中国，大屠杀来到这儿，有两队日本兵比赛从定陶一路杀到曹县，逢人便杀，杀到天昏地暗，刀刃翻卷；我们的先民血流成河，尸堆如山。下午的黄麦一望无垠，又浓又稠的麦穗伸出蜷缩、饥饿的手指抠向阴沉、低垂的天空，迎风舞动，发蓝的太阳好似一枚哑炮高高挂起，事不关己。不知道为什么杀到这地界日本兵收起军刀，突然不杀了。没人知道缘由，就是突然停下了。从此，这地方便被叫作停刀口，沿袭至今，人们早忘了它的来由了。武松抢救及时，半年以后又是一条好汉。只是左侧肚皮上多了道光滑的伤疤，闪闪发光，远远看去，像一匹断尾的壁虎趴那儿，舔舐伤口。

这故事很讨李富强欢欣，告我十多回，我就记住了那把刀。问武松，武松也不说。武松不叫武松，武松是武松的诨号，真名实姓我从没记得。这会儿，武松坐在我身旁，认真听讲，我却从没见过那把刀子。刀子是武松的刀子，肋骨是亚当的肋骨。这故事呀虽是男人的战争，到底掖进女人的裤裆。

大伙都说眼见为真，耳听则虚；大伙还说兼听则明，偏信则暗。我从不瞧武松，他也不理我。即便街上偶遇，也不相认。与武松相反，我租住在石蛤蟆街向西冒尖胡同的一间陋室里，靠爸爸每月寄来的生活费过活。早在开学之初，我便暗下决心，誓要发奋图强。

俗话说，人要向前走，莫吃回头草。我正向前走，料不到除了李富强还有人会跟我说话。很多回，我们于石蛤蟆街的转角撞上。或是她在前，或是我在后，一路此消彼长。路过“供销社”我瞥一眼进去，她早拐进学校里去了。更多回，我转过石蛤蟆街，孤零零一个人怅然若失地走。只有一回，后头奔来一大帮人，被乌泱的人群冲得七荤八素，踢打声、口哨声混作一团。他们在打架，一帮人揍一个。他在我面前倒下了，又爬起来，他离我这么近，近到膝盖抵膝盖的兄弟。强徒们把他从西城一直打到东城，轰轰隆隆的，像一群蝗虫收割麦田，不但捋直了这条柏油路，更割去每人的头皮。路旁的房屋七上八下地乱搭，门窗都敞着。我理理头发，再走没几步被人赶上，我以为是前头落下的人。是她撞了我。她同样是被他们搡到前头的，挺的胸脯给她理直了衣裳。她把额前过长的刘海抿到耳后，与我并辔而行。她落落一笑，算是与我相识了。

“你姓孙？”她说。

“你认得我？”我说。

“我认得你名字。”她说。

“我不姓孙。”我说。

“别诓我了，我看过咱班花名册。”她说。

“孙悟空也姓孙。”我说。

“你不是孙悟空。”她说，“孙大胜哈你竟然叫作孙大胜，你怎么不叫孙大圣。”

“他们都骂我弼马温。”我说。

她的眼睛笑起来，一双漆黑的眸子蹿动。“你的名字太大，一点都不平凡，以后要吃苦头的。”

“啥名字才平凡？”

“比如孙少平，才平凡。”她说，“可惜我不叫郝红梅，名字里头连个‘红’字也没有。”

“红多俗啊。”我说。一开始我便知道，她才不喜欢红，她只喜欢这个字。

“你的名字叫我一下记住了你。”她说。

我知道，我比谁都知道。我更知道她的名字。“干吗叫郝红梅，陈安娜多好听，恁洋气。”我说。

她不吭气了，小跑一阵，一头扎进学校的深牢大狱，就此不见了。无论寒暑，她都脚踩一双小白鞋，纤尘不染。此后很多天，我们相遇好多回，互不理睬。每回到此我都怀疑此前的对话是否真实，以致后来我每次问她，她都笑骂：“明明是你先搭讪我的好哦。”其时，汽车的灯光撞碎在墙上，漫天繁星落下来，她一扭身进了家门。我的记忆突然出了问题，许是汽车的问题，我不知道。

我最记得与安娜的第一回说话，也最忘不记与武松的最后一面。那天落了一夜嘎嘎大雪，却没了雪的味道。武松刚由大狱里出来，精瘦的身板，疲惫地笑。他也从来没这么瘦过。他的头发剃光了，还没来得及长出新楂，青色的头皮像一块盐碱地，白炽灯一亮，蔫不拉唧。若不是灯光照耀，我以为武松早吹灯拔蜡了。我说我要找把枪，杀个人。他又是一笑，说他刚从灯笼庙里出来，那里的和尚给他剃了度。我们都知道我胆小如鼠。我们还知道，他刚出狱，我们更知道，灯笼庙里只有香火，没有和尚。我们谁也没拆穿谁。他说：“我以为我要死在里头了。”他活了过来，我不知道他怎的活过来，死去一样活来。我见过死人，死亡的水位刚蒙过头顶，人就给晾干了；总有尸体不甘心，好似寡妇怀了孕，日渐胀大了肚子指望有一天崭露水面。为证明被迫剃发，武松掏出一撮毛发：“这是我偷偷留下的。”这撮毛发搁在桌子上，干结得像一截枯草，白炽灯被寒风吹动，毛发的影子像刚被割掉的壁虎的尾巴，疯狂地扭动。这撮毛发还没死，活得欢实。武松的光头更暗淡了，像海洋里意外冒出的岛屿。后来，武松与我分开，我拼了命地想要抓住什么，老抓空。这是武松残留世间的最后一根救命稻草，他一伸手抓住了。而我只能把手揣进兜里。

我与武松最后一次见面，我还是忍不住开了口：“有个问题我想问很久了。”

武松说：“甭废话。”

我说：“当初你与我坐同桌为什么，是故意还是无意？”

武松说：“你觉着呢？”

我说：“故意？”

武松说：“你不是叫悟空吗，我叫武松。”

我说："他俩有啥关系，八竿子打不着啊。"

武松笑而不答。

我还记得每人课桌上堆积如山的课本、辅导书以及厚达三尺的模拟卷。我们埋在座位里，一字排开，从不抬头。武松的课桌最逍遥，像是华北平原，坦荡一片，唯有一册厚厚的没皮的破书最规矩，书角磨圆了，书页卷得厉害。摸不到名字，与《圣经》很像，后来我只在另一个地方见到这般凄惨的《圣经》，武松与它毫无瓜葛，撞见它全是因为另外一桩事。

这事的开头，"供销社"的大门就半推半就，一小截阳光掉进来，但见好多花里胡哨的对决，既骨肉相连，又分成两半。我不喜欢草薙京又讨厌莉安娜，死掉很多次，同样很多次地死而复生，一枚硬币活一条命，一尺方寸打一个天下。武松正玩得起劲，一打打硬币吃进老虎机又稀里哗啦屙出来，昏黄灯光下，美不胜收的硬币如同扎堆的月亮，夜空也为之紧缩。他陶然欲醉的脸上闪着银子的光辉，手足相舞，搞得好些个破烂的窟窿不知怎样地在他身上浮动。睡意袭来，武松推我一把："嘎嘎，八神暴走呀暴走。”把我翘给下一条凳子，一通推拉摇杆又是一通推拉摇杆加摁键，八神庵遂血之暴走。我打拳皇像瞎子，无论多少回合，无一不输。换个机器打飞机，又是大败而回。我耷拉下来，武松的硬币也所剩无几，他让我帮他去取钱，他说他爸不在家。我说：“你住哪儿？”武松说：“你出了门顺着这条柏油路向东，过了李记香油坊，再走十来步，往南拐到福佑巷，穿肠过了去，向东走上一截，别着急忙慌走，等好这第一个红绿灯，过了斑马线便是停刀口，左转走到头有座玉龙桥，紧挨的是一溜石刻铺子，走不上十步自会见到一条喇叭巷，尽头是一家木工坊，再回来第三家大红双扇门的便是。”我说：“路太碎，你再说一遍，我归拢归拢。”武松又细细交代一遍。我接过钥匙，出门撞了个大太阳。一溜小跑直直地向东，李记香油坊门洞大开，再向前没多久，往南进了窄窄的福佑巷，出来巷子是一派大繁华，趁了车稀人密横穿了马路过去，在停刀口左转，往东走上一里地，拐上石打的玉龙桥，河面罩上一场青苔，臭气四溢，下了桥果然瞧见一些石刻的狮子、硕大的佛头、白象和将嘶鸣埋在嘴里与奔腾踩在脚下的白马跳在铺子前，据说学校后头的白桦林搁了他家更大更多的一群雕像。一线看去扯出一条喇叭巷拐进，倒数三个数，果然又见一家大红双扇门敞开来，像个新娘子岔开了双腿。院子里有两棵树，头一棵是枣树，第二棵不是枣树，粉色的阳光挂在枝头好似少女的内裤，紧巴巴的。堂屋门闭得严实。我钻进偏屋，很暗，翻检枕头和衣裳，掉出一个手电筒，我打亮手电筒拉开第三个抽屉才找到钱，揣好说定的数目。房间又暗幽幽的了，一条条光明透窗进来，昏暗一条条似肋排，我走到屋檐下撒泡尿。透过窗玻璃我看到一个过大的妇女跪地焚香，合十祈祷是成年女人情欲枯竭的呻吟，头发遮住脸，乳房耷下来。我看不到神像，只见香炉边码着一摞书，《×××选集》。

回到“供销社”找不见武松，我问老板。老板车轱辘话好几圈。武松也不在教室，等了一下午也没到，一连三天下午都缺课。第四天上午好容易拽住他，我说：“我走路怪吗？”他说：“你这么一说，是有点，咋瘸了。”我说：“昨天回来路上，就福佑巷那块儿，给突然蹿来的疯狗咬了。”他却领我捉麻雀。第三天晚自习他应着铃声走进来，早忘了钱的事。武松走路的样子才叫怪，我说不上来，没人学得像。我问他哪儿去了，他朝我眨巴眼，一脸无辜的杀人者的眼。一个礼拜以后，他突然问我钱从哪儿来。我诧异他竟这般健忘，于是我照本宣科讲给他，一并捎上那女人的仪式，还有一摞书。他问啥子书。我拿起他课桌上那本破书，比画了一下，说："跟这个差不离厚。"

"你想要这个。"

"我只是找个样子比画。"我把书还给他。

"送你了，"他没接，"你也读一哈。"

"皮都没有。"我说。

"又不是《圣经》。"他说，"一本小说，蛮好看的。"

"你读过了？"

"早读过了，不是这本，是另外一本。这本书不是我的，我也知不道哪儿来的，就在抽屉里搁着，知不道哪个的。"

"李富强的吧。"

"还真不是他的。"武松说。

"好奇怪呀。"

我翻开书页，纸张发黄甚至有点脆，被水渍浸过，密密麻麻的字躺那儿。读一口气，活一排字。读过就死掉，活着的波浪高低起伏。读得愈快，活得愈欢快。有三个字最扑腾，噌一下蹦进我眼帘，孙少平，真是忒平凡的三个字呀。我合上书，压平压不平的书角，从残损的书脊上找到它的名字，《× × 的世界》。终于找到了，原来是你。

“你不行，远废。”武松说。

“我不行什么？”我问。

之后，我们有一分钟没说话，这一分钟刚好盛满池塘。我口渴得厉害，或许是想借口来一听可乐。我像其他人一样不会游泳，更不敢下水，只能往回跑，甚至边跑边回头骂：“你身上还滴着水呢，你个骗子。”他也确实是骗子。

“你找错了。”武松说。

“找错哪个？”我扭头看他。

“你找错我家了，你去的是第三个，我家住的是倒数第三个。你错进了别人家。”武松说。

这不是我头一回出错，也不是我们头一回谈话。我记不得我们相识，早忘了第一回谈话，只记得我的第一支烟。然而一年以后我才知道，我早是过河的卒子。安娜转头看我，她的脸已被黑夜吞没，一双眼睛分明是两支香烟的火头——灼瞎了黑夜的两个火窟窿。

而黄韬的双眼永远睡不醒，双颊低垂，头发乱糟糟，像是一堆稻草。回回穿西装，双肩塌下来。他是我们的语文老师，叫黄韬，教我有三年，从不认得我。祖辈相传的农民，到他爹那儿，照例囫囵字儿不识一个，一九七几年，只因为姓黄，被诬作《黄鹤亭集序》的封建余孽，妄图复辟，他爹受不住，上吊死球了。黄韬只六岁，甭管大小，也投进号子里。“四人帮”倒掉那一年，黄韬也才十岁，奋发图强，考个师范，回来教书育人。他教书固执，一板一眼，我们都叫他作十八世纪的印刷机，很难是别的。每回翘课前，李富强摸出一面小圆镜，观察后门。那天我们没翘课，因为透过镜子，我看到有谁从后门偷窥，头上直冒蒸汽，细细地轻颤，走台阶从不打滑。而黄韬再也追不回田间的蚂蚱，我这才从那可疑的折射里确信我看见的不是别的，是一辆下过田、驮过麦的拖拉机。时至今日，好像只有毛主席知道这回事。二〇四六年七月一日黄韬死于一场车祸，端时他已老态龙钟，右眼也给熬坏了，跟另一只眼同样坏，一匹斜刺里陡然杀出的公马，把他撞碎了。死神从他零碎的骨头上挑挑拣拣，拼回整个儿，整好发皱的羊毛西装，拍去黄韬的碎屑和尘埃走掉了。黄韬趿拉个人字拖在讲清方麒生的《黄鹤亭集序》，他要我们全文背诵。[①] 黄韬把此文讲得不尽人意，呆板、僵化。黄韬讲完后，打个哈欠，走到空无一人的走廊，饿鬼一样抽掉半支烟，又走回来。教室里鸦雀无声，同学们紧盯着黄韬，鞋底在他身后留下一地粉笔的脚印。武松冲我眨眼，我一脸茫然。他做个起杆的架势，于是，瞅准机会我跟他从后门溜走。空荡荡的走廊叫我无端诵起那句："凭栏莫望长江水，几番王侯空悠悠。"空荡荡的走廊尽头是黄韬的儿子欢快地跑，两条小腿活像两支歌谣来回飘荡。

---

① 作者注：方麒生，字仁瑞，号咸牛。生卒年不考，清代文学家，曾攀附袁枚，后交恶。著有《黄鹤亭集》七卷本，皆遗失。唯有《黄鹤亭集序》一篇留存，五百言甫出，无人问津，唯姚鼐慨然为之手抄，镌刻于碑，"十年浩劫"曾遭毁圮。今见其碑，乃后世重建。颇具意味的是袁枚死后，其墓前碑文同为姚鼐所撰，"十年浩劫"亦遭毁圮。真个是，岁月悠悠非遭浅，千江一月恍觉空。《黄鹤亭集序》一因文风、意气不恰于清，酷盛于唐；二因黄鹤亭偏安京郊，既不临江，又无山川，与文不融，出入甚巨。是以，传此文乃唐人所作，为方冒也；又一说乃袁枚构之。诸般传闻，争议颇甚。

这时节武松爱乱窜，带我坐701公交车。人嘛，哪个不上班，谁人不回家，不赶早便赶晚，武松只管坐后头，头几回我新鲜，看车外风景流速，发出嘶嘶的声响，窗外与车速一样快的风景像突然伸进来的一条条胳膊扼住我的颈子，我大口大口地呼吸这速景。时候一长，多没劲，到底跟教室窗外那块永封不动的院场一样死板、固执了。我曾问武松："来这儿做什么？"武松告诉我，他坐这车不下百回，只是等，等啥呢？他接着讲，这辆公交车每天都照预设的路线准时行驶，风雨无阻，从无越轨。只一回，它没走既定路线，而是一路开进另一条路。那一回武松兴奋莫名，直到公车停到司机的家门口，大伙才知道司机家里着了火，纷纷下车围观，人人怀揣一块石头。大火簌簌作响，老天迟迟不黑，我想火场暗影里有水在沸腾。那时这辆公交车还没熄火，像一匹走失的老马在喷息。

待到下午，我们下了车。武松往"供销社"的反方向走，我跟在他后头，翘课的步子像赤脚踩在雪地上，虚得很。他把我领进一条小巷子，意外地暖和。出于恐惧，我主动避开抽烟的人，每个侧身都像避开了一场火灾。远未进门之前我听到他们在打球，然后是球撞球。武松先进门，屋子里稀稀拉拉没多少人。一个球案分配两个人，这人打了一下，这人又打了一下，另外那人杵着球杆磕脑袋。五毛钱一局，武松很风流地抽出一支球杆，我也学他的手法抽了一支。我先开的球。武松把它们炸开了花。三块钱过后，我说："差不多了，该回去了。"武松说："不急。"

傍晚时分，我跟到武松后头，他走路的样子很怪，没人学得像。转了几条小道，阒无一人，落霞好似一锅煮沸的八宝粥泼在西隅。最荒野的时候大地之上突然生杵来一座学校。我们来到学校附近一家院子里。院子顶上蓬了一层塑料薄膜，好像专门为我的到来临时搭的棚子。一盏白炽灯吊在里头摇曳，灯光反复撞向内壁，像熊发现了火。他们也在打球，我瞧见李富强。他们一一与武松点头示意。他邀我再打一场。还是一块五一场。这儿的台球桌破烂，也更脏，各处都是土腥味。还是三块钱过后，我以为结束了。灯光暗了一下，又突然亮起来的光线把他们啸聚起来，像重新发现了火。我又看到李富强，得不到回应。一个头发油腻、鼻梁高耸的小个子一双滴溜溜的小眼睛，直勾勾地盯住我，摸摸我的镜框。“真是一副好眼镜。”我眨了眨眼睛看武松，武松眼镜后头的两只眼睛望向每一个人甚至每一寸地方，却看不见我。小个子还在说话：“他是谁？”他叫皮猴，一头红发似泼妇炸开。

武松还是看不见我，一气抓住我，把我拽上来，说给众人听。他说：“他要走了。”

“他走不了。”我看到一张脸，这张脸浮在人群头顶，被白炽灯照得好像另一盏白炽灯。他扒开人群走出来，我发现他只是个子高过我先前见过的许多人，像一棵树。他的名字浮在他的头顶，没人不知道他叫老桩。他口袋里总装着个粗制的陶罐，闲时看一看。“里头有啥好看的？”他们问。老桩不睬。

所有人都不看我了，只有武松透过眼镜盯住我。武松说：“嘎嘎，你还真走不了。”

他们围成一团窃窃私语。他们四散而开了。我想夺路而逃，股股寒气透进肌肤。李富强从台案的底袋里掏出一个台球，抛给我：“你啥前来的，我咋没瞧见你嘞。”

没人理他。

我接过台球，这是红③，球面红里透白、坑坑洼洼，像个发皱的苹果。武松由我手里拿过台球，又抛给皮猴。“嗨，借根烟。”皮猴没稳住，红③落在地上，骨碌碌地一直滚啊滚的，老桩近前一步一脚踩住，从口袋里掏出一盒白将军，磕出一支烟递上来。武松的食指与中指夹了烟卷停在半空，像是逃避追捕的恶犬叼的一挂肉。皮猴早取了火机凑上来，悬在半空的火苗精灵似的跳动。我伸出的两根手指夹了烟，像是刚刚触到男人的一双处女的腿。武松踢了皮猴一脚，说：“嘎嘎，借个火。”我的手微微颤动，猛吸一口烟，假装熟练地吐出一口烟。很长一段时间他们都不说话，就看着我。武松看到，这是我的第一口烟。他也看到我的食指和大拇指捏着过滤嘴的刹那停顿。“你废，远废，”他说，“他妈抽烟的架势像个娘儿们。”这第一口烟我并没吸进肺里，而是吃进了胃里。一股强烈的烧焦的人肉味即刻扑倒我。我这才知道我抽的不是烟是人肉。然而他们却不是，武松更不是。我没有咳嗽，大口大口地吐，屁也吐不出。武松突然哈哈大笑，大伙轰然爆笑。李富强拍着我的肩说："美得很美得很。"我还在吐，吐掉块块人肉，把自个儿吐得渣都不剩。他们又开始一个个地敬烟抽烟，先斩后奏，长幼有序，吞云吐雾，尊卑有别。

事关这次抽烟武松从无再提，只在躲进厕所时才抽出烟来问我："要不要来一支？"武松每次抽烟都太狠，把烟头的火也吃进肚子，像一条积蓄已久的恶龙。

我强装笑意，然而他们却以忽略的方式留了我下来。他们泡在灯下商量、画图，并把我纳入其中，一如围炉夜话。灯泡暗下去以后，皮猴掏出手电筒照出了当中央一个光圈，像隆起另一堆篝火，他们继续讨论埋伏、追逐、打斗和见血，严肃得像一场猎熊，我一个字也没听进去，除非我是一头熊。

当天晚上，我做了许多梦。尽管我告诉过安娜我的许多梦境，却羞于提及此间夜晚。我梦见枪林弹雨，硝烟四起，落单被敌军包围，每人都开枪打死我一回，每回我都跪地求饶、焚香祷告。过不久，那些钻进我身体的子弹自动脱落，我一个个装进篮子里，挎着篮子去集市上混作卖鸡蛋的老娘儿们去卖，五毛钱打一颗，一块钱死一回。我从未提及这些，我告诉安娜的只是我的一腔情话。安娜咯咯笑出声来。今晚的夜顶头才三尺，好似远远的山上降下的观音。

此间此刻，陈安娜还是个处女。

是武松开的头，都是瞎说，他说："外国的月亮就是圆啊。"他说："外国的女人就是白啊。"我们见惯了中国的月亮，从没见过外国的女人，只能想象她们每天面白如粉，头发好似鲜花怒放。"外国的女人不但白，走路也好看，一溜的直线，看一眼，活十年。"他趴在窗头看女人，评头论足，嫌她们走路太粗鄙。他是个挑剔的人，没人不知道。

我说："你别拽我，我腿还在疼，出不来，恁些天了，好不了。"

李富强说："周红霞瘦得跟个电线杆似的，看着都硌得慌，不行，远废。"

我说："你帮我一下，往外挪一哈，给我抻抻腿，松快松快。"

李富强说："李玲燕才不规矩，看这胸，再看这腿，美得很。”

我说：“不在这边，在那边，别动别动，没疼了，是麻。”

李富强说：“谢玉梅走过来了，谢玉梅又走过来了，她走过去了，她又走过去了。我操，我操，她看我她看我，她凭什么看我，凭什么，这个婊子。”

她们走过去了，陈安娜吱扭一下由楼道口折过来，步态悠然，那双鞋的白太过庞大，活像骑了一匹高头白马，马尾甩来摆去，给一缕阳光升了天，我心口突突直跳。

有一万匹蚂蚁噬咬落进我项子里，我纵身跃起，掀翻李富强，他的话噼里啪啦坠了地。李富强一瞪眼：“我的儿，撒球疯。”我说：“我的孙，撒呓挣。”

武松竟笑起来：“哈，你欢喜陈安娜，嘛，哪个不欢喜咯。”

我不在已经一周了，因为他一周没来了，没人惦记他，我竟然为我上次的生气后了悔。武松回来了，我问他去哪儿了。他说：“超度，我姥爷死掉了。”说完邀我去逃课，那神气跟死件衣裳没两样。武松就喜欢往外跑，再也不谈女人。他们无一不欢喜陈安娜，武松偏不欢喜，我从没见他欢喜过哪个女人。我也从不欢喜陈安娜，即使我们同行很多次。我知道安娜走路的样子怪，起初总想不明白，慢慢地我知道，怪的不是人也不是样子，是那双鞋，她过分小心了。后来每回送她回家，远不如当初的清明雅亮。那天晚自习以后，夜风习习，路灯蒙霜。我们第一次走在夜里，也走在棉花里。走不到一半，我主动开了口，我说："我知道孙少平是哪个了。"

她说："是哪个？"

我说："《平凡的世界》。"

她说："你看过了？"

我说："这是我看过的最没劲的小说，我不喜欢。"

她说："不喜欢哪个？"

我说："都不喜欢。"

她说："因为平凡？"

我说："因为平凡的世界。"

她落到后头了，我看不到她走路的样子。道路还在延伸，路灯依旧明亮。街道像个女人的坏心肠，七孔八洞的。她又跟上来。她在怕，一直逃，从一盏路灯逃到另一盏路灯，她说："走开，走开，烦死了。"我贴得更紧了。她喊："你怎么一直跟着我啊！"我停下来说："我不跟了。"她说："不是你不是你，是它。"她脚下还在一跳一跳地逃，她在逃她的影子，她说："是它是它，它怎么一直跟着我啊此消彼长的你快帮我踩它快点。"我噌噌噌踩了好多回，根本拽不住。我说："你看我也有影子你看。"她说："我的影子是别人的，而你们的影子才是光学原理的。"我捡颗石子要砸路灯，灯柱当当响。

她说："你变了。"

我说："我哪儿变了？"

她说："走路的样子。"

我说："我以前走路啥子样？"

她说："不知道，我只知道你现在走路啥子样。"

我说："我现在走路啥子样？"

她说："你以前不这样。你现在走路的样子很怪，像个刚下蛋的母鸡，武松走路才这样。"

我突然害怕了，怕得要哭。我的怕有两个：1. 我不知道她说的"武松"是武松，还是《水浒传》里的那位；2. 我一直想形容武松走路的样子，现在找到了——没错，武松走路就这样，既如狼似虎又虎虎生风，像个刚下蛋的母鸡。我怕得有理。我走路啪嗒啪嗒响，头顶着云彩走进游戏厅。此前，我从没进过游戏厅，尽管也没几个人去了。他们都是去网吧。可武松还是去游戏厅，即便游戏厅的光景比供销社还没落，有股前清遗老的臭味。我们因此管它叫作“供销社”。我被武松带进去，为此颇筹措了一番。我总认为“供销社”是个吃人的孩子，不吐骨头。这真叫我怕呀，因为我看不到夜的黑。

“供销社”的大门半推半就，一小截阳光好容易掉进来，照看品类齐全、人丁萧条的生意。我跟武松走进来。老板坐在柜台里，身后一挂钟表永远指向五点钟，好些机器都空空如也。越往里走越黑介。武松教我打拳皇，然后开局打飞机，通了关又玩老虎机。武松贪婪地投进一枚枚傻里吧唧的硬币，不时瞻望四野，嗅嗅臭不可耐的黑暗。武松誓要赢取大满贯，天公不作美，全都折进去。我的八神庵也掉血死球了。“供销社”里进来几个熊孩子，他们带来白日的光亮，扣在小脑袋上，也带来一只皮猴。皮猴环顾一圈与武松嘀咕几句走了，离开前武松朝皮猴借了一些钱。武松一直想扳回一局，可老虎机吭哧吭哧抠不出一个屎橛子。武松让我帮他去拿钱。我取了钱回来“供销社”又不见武松。我问老板。老板车轱辘话也知不道。

武松不在教室，等了一下午也不见。第二天先不论，第三天下午快没了，武松又不在，教室的四根灯管，没蹦几下便亮了，应着下课铃声我走出教室，太阳已经西斜，天光还很大亮。红扑扑的太阳是个害羞的新娘子慢慢躺倒了呀。快被吃掉的蓝天是个耗子躲开了猫的爪牙，却被赤条条一条狗咬住。我跟上狗走出学校，转了几条小道，来到三桐中学旁边的台球厅。院子里生意兴隆，灰不溜丢。我没找见武松，那条狗领我出来，暮色是一股烈酒上了头。手电的光圈砍了狗头给我看，它嗷呜一声蹿到天上去，黑夜这才劈头盖脸打下来。手电带我线一样走下来。手电的光芒暗下来，他晃啊晃的手电又亮起来。手电的光亮漂在路面上，光亮突然被踢跑了，我才意识到是他拐了弯。我们来到三桐中学后头的杨树林，对面漆黑一片，几乎没有声响。“汪汪——汪——汪汪。”黑处突然传来犬吠。我们这儿跟着犬吠：“汪——汪汪汪——汪。”我几乎相信是真的犬吠了。手电的光芒一抽一抽地跳过去，我摔个跟头发现是下坡。灯光暗下去了，他把手电晃啊晃的，灯光又亮起来。我蹑脚跟上去，混在他们中间。手电的光芒照在一堆柴禾上，我以为点了火，灰尘上扬，犹似冒了烟。灯光暗下去了，他晃啊晃的，灯光暗得更厉害了，薄如蝉翼的光几乎熄了。他们看到灯光又亮了，越来越亮，比之前都亮，他们的脸也跟着亮，眼睛却在燃烧。他们看到我点着了柴堆，柴堆越烧越旺。柴火暖热了我的脸，我看到武松的脸，我看到老桩的脸，我看到李富强的脸，我看到皮猴的脸，还有好些叫不上名字的脸，好像不是火光照亮而是我的脸点着了他们的脸。老桩添些柴，再捅一下火堆，火堆更旺了，夜晚也更长了。他们把掏空的狗架在火上烤，火舌舔一口，嗞嗞冒油。渐渐地，狗肉的香气令人迷醉。李富强掰给我一大块。“一匹好狗。”武松说。他们围坐篝火大吃狗肉，像一群黑熊吃出了狼的滋味，火光熊熊，脸被烤得通红。我坐在他们之间，这使我紧张。

后来，我们离开了。皮猴打头阵，手电探路，领我们走上窄窄的水泥道。道路只在左边栽了一溜直直的路灯，像个瘸子。每一盏路灯的每一回勾头，仿佛每一声犬吠吐一汪光芒。我们走过一汪又一汪，便是一只狗的叫声衔起另一只狗的叫声扔给下一只。回到大路，一切才正统起来，快到学校时，他们突然转进一条黑咕隆咚的巷子。若天有眼，鸟瞰之下，以学校为中心，这巷子在与停刀口呈中心对称的一处地方。一盏白炽灯充作路灯吊在竹竿上头，还扣了个灯罩，一副绞刑架的鬼样子。照武松安排，我们都潜在暗处。我心头疑虑，跟在武松后头。前头猫声乱喵，李富强说："咋还不来，你搞清么得？"皮猴说："是这条道儿，没错。"老桩说："慌啥，沉住气。"皮猴问："要不要把竹竿放倒。"老桩说："不用。"那个夜晚大家又开始守候。灯光蒙了很大的寒气。我趴在后头像武松的影子，听得到自个儿的呼吸。李富强摁上我肩头："待会儿啥也别吭，上去就踹。"我嘴巴都僵住了，说不出话，心里纳罕武松的刀子在哪里。武松说："别吭声。"有辆自行车驮来一个人，叮铃铃乱鸣，猫疯了，狗叫了。"是他不？""好像是。""到底是不是？""好像又不是。""嘎嘎，你他妈的。"他骑过去了，是别人。我们重新埋伏好。有人走了过来，她走到灯正下，她走了过去。街角长长地拐来个人，瘦长溜肩，走路摇来摆去，好像不是个人而是人腰际挎的一把长刀。皮猴站了起来，说："是他，错不了。"他们拼死拼活向前冲。我则耷拉下来，也许是迟疑了。

"鬼啊，鬼。"他一蹦一跳掉身便逃，头顶的灯光空空荡荡。他麻利地攀上竹竿，活像另一根竹竿敲打这一根竹竿。灯头乱颤，不听话地眉来眼去，灯光每回都在我们身上顾盼流转、反复无常。

"你哪只眼睛看见鬼了？"

"我的左眼看到鬼。"

"不是鬼，是武松来了。"

"放倒竹竿。"武松说。

"电梯来了。"只见老桩一个箭步蹿上去，腰马一合，两手把竹竿往横里掰，竹竿咔嚓一声贴地倒下。灯泡碎掉了，四下咚地黑下来，啥也看不见。大家呼啦啦欺身压上，拳脚相加，踹他一个小时，或者两个小时。嘈嘈杂杂，无一时不混乱。我浑身直冒冷汗，不安地挤进去。皮猴的手电掉下来，并不光彩地亮了，给黑夜开了光。我们看不到我们，只有截去了身子的腿脚像十几只靴子，像风吹过白桦林一般密密匝匝、影影绰绰。我怕得厉害，势必也要掺和一脚。武松一把拽住我：“你别掺和。”我很沮丧，要被组织抛弃了。武松当即跳上。他们则发了疯一样踹人家，踹一脚跟种一棵树似的，种他一个小时，或者两个小时。他们激动地推撞，我比独自站在广袤无垠的荒原里还要孤立无援。我怕得更甚了。

“别打了，别打了，”平地一声雷，“我们好像打错人了。”

我们加快脚步往回跑，昏聩的巷子发出咚咚的回响，弄得我们的耳朵痒痒的。拐进另一条道，一个赛一个快。“瞅你们那熊样，不知道还以为三刀刘来了。”武松说，“别跑，走。”我们才嘻嘻哈哈慢下来，彼此压低声音议论，兴奋得一塌糊涂。我却很难过，并不是因为我没有参与，而是我看到了他的挨打。我提着手电摁亮，灯柱炸开来。大伙才不打他。灯光照亮了他，他蜷缩着身子，蹲在墙根下，手电打过去的瞬间我看见一个小魔鬼从他身后的墙面升上来，从地狱里艰难地爬升。

我们没有直接回学校，而是绕个大圈，分头行事。

我头一个进教室，晚自习刚过半场，场面肃杀。武松是最后一个，突然撞进来，扎个猛子，应着下课铃声一蹦一跳走进来。我问他哪儿去了。他朝我眨巴眨巴眼，是个一脸无辜的杀人者的眼。武松没杀过人，谁都没杀过人。武松却说："我们都将杀人。"满脸忧色，还挺郑重其辞的。他是在物理课上说这个的，其时刘玉堂正讲授能量守恒定律。而我呢，睡意袭来，竭力假装美滋滋地听课。武松说他也有个定律，叫作杀人定律，称之曰——武松杀人定律：

每个从未犯罪的人一生中做过的所有事情的总量都大于或等于杀死一个人的量。

我靠，又来这套。我把这归为他众多把戏中的一个，未置可否。武松用稍大的声音又说了一遍，脑袋偏过来，两只胳膊撑在后面的两只课桌上。脸色跟尿湿了似的，模样却是个毫不动摇的稻草人。

我说："你是说我们都开过枪？"

他说："我说的是杀人，远没枪的事。"

然而，上课之前我们谈的都是枪。午睡的空当，教室总是个老太婆的牙口空空荡荡。皮猴他们借机跑来，或与武松门口抽根烟，或七嘴八舌偷个懒。是皮猴口无遮拦，最先开的口。皮猴说他开过枪。哪个相信他哟。但哪个又能搞得到枪咧。他急赤白脸一阵懊丧。

我哼哼哈哈一番说我也开过枪。我可不是跟他们争，只是中了枪的邪。我说："九六年严打前我还能有个表哥，瘦瘦高高的，长得也好看，像刘德华。他顶喜欢骑个铃木飞奔，车后头扑的姑娘从来没重样。每回路过我家他都停下来，我藏在门后冲他滋水枪，他老是躲不开，每回都被我搞得满头满脸满身湿漉漉。终了，他一准凶煞地揍我。我才不怕他呢，哼。九六年一到，人们都说他开枪杀了人。他便连夜逃了。此后几年，我再也没见过他。表哥重新回来那阵儿我都快上初中了。原来他一路隐姓埋名逃到新疆库尔勒，拾棉花过活。不知道哪一回警察过路问道，表哥远远看去，以为要抓他，撒腿逃进茫茫沙漠。等发现他，早晒成了人干。舅舅远赴千里把表哥小心翼翼揭下来，一路带回来。再次路过我家，舅舅一点都不累，更没停下，这是表哥头一回路过我家不停下。我看到舅舅把表哥搭在肩上，就像搭了件干毛巾。舅舅一点都不累，走路比以往任何时候都轻巧，我就这么死死盯住舅舅，生怕舅舅稍不留神飞起来。我跟舅舅到家里，看见他进到表哥的房间，把表哥挂在墙上。这地儿原先挂的是十二张不同样式的刘德华的挂历。而表哥只有一张。表哥比刘德华更像刘德华了。而我比谁都恨表哥，一个劲儿地往他身上滋水枪，就是一个劲儿地滋水枪，没人拦得住。”

“你那不是真枪，我见过真的，”老桩把陶罐放回裤兜，说，“我姥爷的猎枪，毛也没见打过。”

“嘎嘎，我也有个胖得不得了的姥爷，远胖。我真厌恶他，由小到大烙饼似的给我讲同一个梦：一头老虎嘴里衔着一条胳膊盯着他。所以养条狗叫‘狮子’。他老穿个肥大的衣裳，死气沉沉的，从不吃素，专吃肉。九几年野物还盛行，姥爷常带上‘狮子’上山打猎。不是打野鸡便是打野猪，运气好的时候还能碰着麂鹿。每回姥爷都拉开它们的肚子，搜肠刮肚的，血刺呼啦的。姥爷有个哥哥，能一气吃掉七个馒头，浑身肉疙瘩，一出声话在胸腔里回荡，天生神力，一拳掀翻一头牛。早年兵荒马乱逃难到豫西，凭这股子蛮力做个有名的匪首。后来跟韩复榘干仗，吃了远大的亏，卷了金银回家。瘦死的骆驼大过马，也是一方豪强。有几年，哪个年头没记住，大家吃不饱，大姥爷领着姥爷啃树皮、吃草根，还有嚼沙土。姥爷蔫头耷脑的，吃不多，苦了大姥爷的大胃口，忍饥挨饿的，瘦巴巴一手抓。终了饿不过，偷了队上的粮食。为儆效尤，大姥爷被悬上百尺竿头，饿得只剩一张嘴。戳那儿，像一棵长势喜人的红高粱。头顶的乌鸦，绕其三匝，衣裳都给啄烂了。当夜，姥爷偷偷爬上竹竿放大姥爷下来，发现破衣烂衫下头不再是血肉之躯，而是一扎草根、一捆树皮。大姥爷早在半年前就是个草包了，全凭一口气支着。远远望去，大姥爷这个稻草人，立在那儿，迎风送展，猎猎飘拂。比活着还威武。姥爷哈哈一笑，不再说了。他吃上一口肉，眯一会儿，亏得睡得浅，一沾便醒，再扔给‘狮子’一块，远不快活，一切付诸笑谈中。不管后来再过多少年，老天爷饿不死瞎家雀，姥爷硬是挨了过来，无论挨了多少揍，挨了多大的饿。现在姥爷打不着猎了，肉还吃得上，不是猪肉就是狗肉，照样给它们开膛破肚。姥爷从不吃鹅肉，也从不肯见，说话都躲着‘鹅毛’走，谁都不知道为啥。姥爷吃得更胖了，走路像冒泡。而且回回吃不够，也不打嗝，每回高兴还扔给‘狮子’一块肉。甚至扔狗肉给‘狮子’，它汪汪汪地也一口吞了去。姥爷说：‘有的狗吃狗肉，所有猪吃猪肉，而我们都吃。’姥爷吃肉吃得更欢实了，一口吃一口，绝不剩下。姥爷又说：‘猪狗除了吃肉还吃啥，你知道哦？吃屎！猪吃猪屎，狗吃狗屎。’姥爷临死前吃不下肉，咽不下气。躺床上，五脏六腑咕咚咕咚移来漂去。终于姥爷忽地一沉，一个饱嗝撑开喉咙咽下最后一口气。临死躺到大床上，嘴唇哆嗦，像在埋怨坟墓迟到了。高抬右手呼唤我，像领导挥手说：‘只有一条胳膊。’姥爷死掉以后，胖得像个灌水的气球，稍一挪动，汹涌澎湃，轰隆隆赛打雷。下葬前，棺材给做小了，装不下姥爷，好容易塞进去，却把姥爷挤爆了。姥爷迸得到处都是，千零万碎的，活像一尾尾刚上岸的小鱼呀，死命地蹦跶。沙包一样大的人，你见过没有？”武松说。

“你们讲的都是真的？”皮猴问。

“武松要是真姥爷，我便是真表哥。”我说。

“你那是假枪，武松也是假枪么？”老桩说。

“枪是真枪，开枪也不假。”武松说。

“这不叫开枪，叫打猎。”老桩说。

“开枪不假，打猎没错。”皮猴说。

“你开枪才叫假。”老桩说。

“小狗骗你们。”皮猴说。

“你刚才说啥？”武松问。

“开枪是假开枪？”老桩说。

“嘎嘎，不是你，”武松说，“是皮猴。”

“啥？”皮猴说。

“不要跟我说‘啥’，是我问你说‘啥’？”武松说。

“狗？”皮猴说。

“不是狗，”武松说，“狗前头。”

“打猎？”皮猴说。

“有打猎，也不是打猎，还有半句。”武松说。

“记不得了。”皮猴说。

“打猎没错？”武松说。

“打猎没错，没错。”皮猴说。

“错，远错，打猎远错。”武松说。

“没错，打猎没错。”皮猴说。

“没错的话，‘猎’字咋个写？”武松说。

“啥‘猎’字？”皮猴说。

“打猎的‘猎’字。”武松说。

“哪个不会写嘛，又不是不识得。”皮猴说。

“嘎嘎，你写一哈。”武松说。

皮猴走上讲台，拿板擦在黑板上擦出一小块空当。隔着窗户我看到陈安娜，她走进教室，皮猴让了道，陈安娜低头走过去，坐进自己的位置。一世界都挣着。她比以往早许多。皮猴抽出个粉笔写个“猎”字，右肘一抽一抽的。有一笔没那么横平竖直，不但打了弧，也刺穿了一横，颇有几分“猪”相，真个是扮猪吃老虎。皮猴又以手抹掉，肩膀一耸一耸的，重写个根正苗红的“猎”字。阳光折进门里，攀上讲台，似鸭子凫水。

“这是啥字？”武松问。

“‘猎’字嘛，你要我写的。”皮猴蹭蹭手走下讲台，并特意掉头看了一眼“猎”字说。

“我没要你告诉我，我是要你告诉大伙这是啥字。”武松说。

“就是个‘猎’字嘛。”老桩说。

“你是粉笔吗？”武松面色似墓碑，“你知道写的啥？”

“就是个‘猎’字嘛。”皮猴说。

“不，这是个错字。”武松说。

“我刚是写错了一回字，这不又重写了一回嘛。”皮猴说。

“我不是说这个字错没错，我是说这个字念‘错’——此无我错。”武松说。

“咋能是个‘错’字咧，只是模样有点像。”皮猴说。

“嘎嘎，你跟我说过这字念‘错’。”武松说。

“我没说过啊，恁简单的字我咋会搞错。”皮猴说。

“是呀，恁简单的字你咋会搞错，你既不会搞错，也不会写错，你说是你打错的。”武松说。

“打错？五笔或拼音吗？”皮猴说。

“我们是在讨论键盘的事吗？”武松说。

“不能是打字机吧？”皮猴问。

“总之是打错。”武松说。

“打错什么？”皮猴问。

“好吧，既然你喜欢开枪，我们就说开枪的事，说到开枪就得回到打猎这儿来，你说这字到底是打‘猎’还是打‘错’呢？”武松说。

“打猎？”皮猴试探地问。

“你确定？”武松也在问。

“是打猎了。”皮猴确信了似的。

“打猎就是没打错咯？”武松说。

“没打错。”皮猴更确信了。

“你为啥骗我们说打错了。”武松说。

“打错啥字了？”皮猴说。

“看来你还在说键盘的事，你再跟我啪啪啪啪啪说打字，趁早滚蛋，我不认得你，你也不认得我，你认得的是键盘。”武松说。

“武松，你听我说，我不是有意诓你们的。”

“你看我们的样子像不像陀螺？”武松问。

“啥？”皮猴问。

“我问你，你看老桩，你看我，你再看他们，我们的样子像不像陀螺？”武松狠狠地说。我们张口结舌，愣了半天。

“不像。”皮猴说。

“嘎嘎，那你他妈玩得我们团团转呀团团转。”武松说。

“武松武松，你听我解释你听我解释，我是怕你们不去才诓你们是大安的。你也知道，你们都知道，排骨这人没人想招他。”皮猴说。

“指着和尚骂秃子，是不是？”武松说。

皮猴不敢吭气。

“排骨咋了，又不是三刀刘的儿子。”老桩说。

“你屌，远屌。”武松说。

时间在逼近，大地在扩张。同学们陆续回到教室。皮猴一双惊骇的眼睛不安地颤动。武松的嘴唇翕动了几下，脑袋越垂越低，人微微前倾，仿佛蓄满的弓，我真怕他纵身跃起。教室里所有人呆头呆鹅，同学们已跻身事不关己的成年之列。武松掉过身，手指像驼背的蜡烛，压低的嗓音我们几乎听不见而又辨得清，他说：“只此一回，下不为例。”

众山都松口气。

三刀刘我知道，与我表哥一般大，他是打架的霸王，杀过人，坐过牢，只闻其名，从未得见。人们说叫他三刀刘不是因为他有三把刀，而是因为他挨过三刀，三刀全在脸上。我问李富强："排骨是哪个？"李富强说："挨揍那个。"我问："咋的不能招他？"李富强说："没咋，他爹是警察，这也没啥，关节是有一回打架，他带了他老子的枪去，子弹一飞，枪一响，吓尿所有人。"

自古没千篇一律的怕，龙生九种九不同。武松说："独木不成林，二人方为从。"他定要我们结伴走，自个儿却是头独狼。黄韬也要同学们结对子。一睁眼天未亮，一抬头天黑了，我们不上学便下学，来来回回提脚蹚一蹚，没一粒星星不哆嗦。每次路上都能遇上瘦瘦高高的电线杆，开初是一杆，走十步又蹿起一杆，杆杆栽在石头上，遇上街角也拐不跑。它们与槐杨不同，不扎堆，是楷模，一字一顿地一字排开，一笪一笪，在公路边上奔起来，电线也一颠儿一颠儿地抻开去，好似跑马连珠，终究路遥知马，日头久了，电线杆上见方寸。不消多长，每个电线杆上贴个通缉令。通缉令像匪首，煞气重，那些小广告都给挤开了。杀人犯的人头悬在通文上，我好像见过这颗头，烫得我脸疼。行在路上，走十步砍一头，仿佛这不是悬红，而是轮番执行死刑，把一回回的砍头给人们竞相传阅。很多个杀人犯的脑袋在集会，这个性情刻板，那个厚颜无耻，这个虎视眈眈，那个低眉顺眼，但凡有人走过，它们吵吵嚷嚷，龇牙瞪眼，仿佛一窝小猪崽，拱啊拱地要拱破纸面，好像在说："我们还活着。"吓得行人欲断魂。要是红绿灯街口转来一辆警车，它们立时噤声，风过留吹，人头一塌，纸张微微颤抖。接着，五百张人头争相望见陈安娜一路走来，身负光彩之累，看不到尾大不掉的我。武松曾问我："晚上送你的是哪个？"我说："没哪个。"武松说："李富强？"我说："我们不同路。"武松说："夜道不安全，总归要人送。"我说："你一个人不怕？"武松说："你多大？"我说："二十三。"武松说："你二十三，我也二十三，我算过命，我能活到三十二，三十二岁之前没病没灾，保我太平无事。别看我，大宝说三十二岁是男人的关口，李小龙活不过，我也活不过。"黄韬照是告诫同学们："最近不太平，道上结对子。"是此，晚自习一放学，同学们或三五成群，或两双四对，一簇簇走了去。独是陈安娜傲然落单。我走在前头，十步一回头，落后了再超赶，直到下坡脚下一绊给我跌倒了。

“你走路的样子不对。”陈安娜说。

“这俩不是我的腿。”我站起身，拍掉土埃，俩人终是并辔而行了。天上的月亮像个冻坏的奶子，冷冷地缩了。

“她俩是你女朋友，一个叫阿花，另一个也叫阿花。”陈安娜说。

“她俩不是我女朋友，她们也不叫阿花。”我说。

“我喜欢这个名字，很好听。”陈安娜说。

“说的不如唱的好听，你听的啥歌？”我说。

“我没听歌。”陈安娜说。

“怎戴了耳机？”我问。

“装个样子，我 MP3 坏了。”陈安娜说。

“这样啊，”我说，“你喜欢谁的歌？”

“周杰伦。”陈安娜说。

“可巧，我也喜欢周杰伦。”我说。

“其实，我不喜欢周杰伦。”陈安娜说，“奶奶喜欢周杰伦。”

“你奶奶可潮。”我说。

“奶奶喜欢周杰伦是因为我喜欢，”陈安娜突然低落下来，“小时候每年暑假我都回老家跟奶奶住。”

“奶奶最喜欢周杰伦哪个？”我问。

“开不了口。”陈安娜说。

“咋开不了口？”我问。

“歌叫《开不了口》。”陈安娜说，“因为奶奶喜欢哑巴。”

“嗯。”我低下头，绞尽脑汁也找补不回来。

“你最喜欢他哪个？”陈安娜问。

“《千里之外》。”我说。

“我也喜欢。”陈安娜说。

“我送你离开千里之外——”我轻声哼出半句。

“你说什么？”陈安娜问。

“我送你吧。”我迟疑了一下说。

“你送我什么？”陈安娜问。

“我送你个 MP3 吧。”我说。

“你送我什么？”陈安娜摘下右边耳塞，问我。

“我送你回家吧，”我说，“以后。”

陈安娜的个头一下子高起来，也短了步子。她一声不吭。街外是黑沉的夜。清风徐来，今晚是很好的路灯，很昏暗的光。我该拐进石蛤蟆街了，陈安娜时而呆滞，时而点头。走路更怪，总低了头，仿佛全身的力量都在给她的胸部发力。我则是个可怜巴巴的丐子，满脸忧色，被陈安娜咬得战栗不已，你是咬呀咬的咬。

“是因为黄韬说的吗？”安娜问。

“是武松。”我说。

我要承认，我没能拐了弯。我们迎着夜空走，谁也不多口，流星划过天空，像一把倭刀插下来，脑壳里嗡好久。安娜低下头，不敢看海了去的世界。我们就这么走着，几乎耗尽了白天的心血。“给我个耳朵。”安娜说。她把右边的耳塞戴好，摘下左边的戴进我的左耳。千里之外的音律一下劈了我做两半，一半叫心猿，一半叫意马。

但凡自习课，我们不是六十八个学生，是六十八个哑子，没一个会说话。学校八十九个教室不能齐齐静下，上课铃一发响，寂静像个发疯的公牛，从一个教室窜到另一个教室。每节自习课都是个没人穿的鞋子，鞋子有教室那么大。话是说出来的，字是写出来的。字不念不响，人没气不活。六十八个哑子呀，遮不住的呆头呆脑，没了人气儿。我皮下有肉腾腾跳，这安静太吵了，吵得我心神不宁。因此，我老写个字条传给陈安娜借她的 MP3 听歌，解闷儿玩，一来二往的，她从不小气。武松问我哪儿来的。我说借的。他又问谁的歌。我说周杰伦。他浑不在意，也只是蹭听了几回。有时候下午像一头熊猫，从幽深的竹林中，朝这里慢悠悠走来，也是这个下午，武松带来一头小熊猫，瓷做的。待到自习课，他拽出一根线，一头插进 MP3，一头插进熊猫的屁眼。原来是座小音箱。我怀疑他甚至都没调到最大音量。于是，不但我和武松，同学们也头一回听到了硕大的周杰伦。周杰伦是从地底冒出来的，彼时，同学们都未曾留意，因为周杰伦才刚刚漫过我们的脚脖儿。没多久，周杰伦拦腰截断了我们，我们的屁股还沉甸甸坐着。接着，周杰伦很快灌到我们的胸腔，埋过我们的头顶了。周杰伦的水位越涨越高，早有半个教室了。武松，我，同学们，桌椅板凳，课本试卷，也都漂在周杰伦里不下来。歌谣唱得越久，周杰伦越是庞大。这教室有多大，周杰伦便有多大。鞋子却不再像教室那么大了。要是有支歌叫《鞋子特大号》就好了，当时我想。

黄韬闻声赶来。门坏了，他撞不开，我们一声不吭。武松不知天高地厚地吐着气，像把椅子。我的心抽紧了。一把折刀透进门缝轻轻一拨，插销啪地落了地。黄韬一举识破了武松。黄韬走过来，怒气冲冲，活像一幢房子走在另一幢房子里。他摔碎了熊猫，也摔碎了周杰伦，没收了 MP3，还把武松叫到办公室训诫。当晚我跟在安娜后头，提心吊胆，羞于说话，大雾遮蔽天地，路灯像哭过一样。我们分开前安娜抢先说："不碍的。"第二天一早，武松笑嘻嘻地出现在我面前，丢了 MP3 到桌上，我不知道这是原先那个还只是模样相同。武松也不解释，一副了无牵挂的郎当样。我合上课本，太阳当空照，直直地撞破了窗，从后面看，武松像把烧着了的椅子。我把 MP3 匆匆传给安娜，还附了一张字条，仿佛我们的对话一下子理直气壮起来。后来我和安娜也接连传递很多字条，都如出一辙，全无情感流露，那些往来不绝的字句全无活气。唯有一回，三寸见宽的字条送来她的一小截慈悲心肠。因为那天我喝了酒，还吐了一地，她瞧见了，没谁瞧不见。那天真是高兴的日子，尽管开头遭过一些波折。你要不信，且得从头讲来。

俗话说，言归要正传，我偏要在岔路上打个转儿。这故事叫初恋，这人叫白娘娘，是个妖里妖气的名字。那年我高三，他高一。他走起路来瘦里瘦弱、妖里女气的，穿个肥大的裤子，两管裤子好似两方池塘都快淹到胸口了。每回路过我们班，只见他叼个棒棒糖，鼓着腮帮子，胆大包天地给我们班那个好漂亮的女生抛媚眼、吹口哨。那女生假装瞧不见。他也不生气，朝我或别人笑一笑，喧声辚辚地走过去。他又恰巧撞见她那天，文质彬彬地伸手，说："嗨，你好，我叫山鸡，鸡巴的鸡，想跟你交个朋友。"女生怔了半晌，慌张张跑了。他摸摸头，也不好意思地走了。我从没见他打架，似乎他从来不打架，只是个富丽堂皇的空架子，招摇过市罢了。据说，我班那些男生曾堵他好几回，未知详情。每逢路过我们班，他还是那屌样。有了光便有了晨，有个阳光明媚的晌午，我们在上课。我看到他手里拎着绳子，孤零零地走过去。原来他由桌洞里摸出条青蛇。他没心惊，也没害怕，甚至都没吭气，下课似的径直向外走。老师以为他要撒呓挣，斥他两句，乍然看见那条蛇，轻吐芯子，瘫倒在地。同学们精神一振，方才惊呼。只见他拖着肥大裤子，拎着青蛇像掏出鸡巴一样熟练，孤零零地走出门，一层层地走下楼层，走过操场，来到橡树下，剥了蛇皮，挂上树梢。一连高挂枝头好些天，恶臭难闻。直到电闪雷鸣天，青蛇才消失不见，人们都说它渡劫升了天。就此，他声誉鹊起，得了白娘娘的名头，再也没人敢惹他。他没个狂样子，心心念念的是日女人，好像唯此他才算个男人。还真给他日了个女人，没人知道是哪个，听说是个老女人，也没谁蠢到去求证。他总吹嘘他日过女人了，还讲了过程。男生们乐意听这些，总舔舔舌头催促："啥滋味？啥滋味？"白娘娘叼着棒棒糖，鼓个腮帮子，不吭气。男生们欲火中烧。"很怪，"白娘娘想了很久说，"鸡巴像给毒蛇咬了一口，中了毒一样。"白娘娘的声线几乎粗了三倍。人们屏气敛声，仿佛停在高原，又见天高地远、白雪茫茫。"当真是一朝被蛇咬十年怕井绳啊，"他又说，"那天的月亮也怪，抖了三下，绿得发毛。"后来，他依旧追求我们班的那个女生，追求他的初恋，尽管从未得到回应。狗日的月亮。这故事不是我讲的，还是李富强讲的，我从没见过白娘娘，武松也没见过。皮猴却带来了白娘娘的口信，白娘娘想跟武松照个面儿。

大名鼎鼎的白娘娘为何点了武松的名？暂且按下不表，单说照面那天，西北风呼啸的下午藏在一片白桦林里。这天真够怪的，刚刚还太阳高照，这就彤云密布了。我们去了十几人。白娘娘他们也来了十几个，后来又来了十几个。那天下午下了雪，我看不到他们的脑袋，也看不到我们的脑袋，只有人们的身体在摸瞎。那天的开头没下雪，后来下的雪。那雪下得真大呀。雪停以后，白茫茫的，埋盖大地，有的埋到我们的脚，有的埋到我们的腰，有的埋到我们的脖子，连身体都埋掉。正在下的雪却不同，你若瞧见，这雪正下得紧，纷纷落上我们的头壳，把我们的脑袋全埋掉了。白白的头颅，淹没在这场大雪纷飞中，谁也瞧不见了。这一场纷纷扬扬的大雪，不是由下向上埋，而是由上向下埋的，而且只埋掉脑袋，剩下几十具无头的身体在大雪纷飞中群魔乱舞。白桦树的树身到处是眼睛，我们的身体则全被蒙在鼓里；

不是拳头擂住胸口，便是腿脚踹中小腹，这场没头的群架杀得那个劳什子穷凶极恶、天昏地暗呀，白桦林也为之紧缩。大雪纷纷扬扬地下，仿佛天上发生了一场严重的地震，天上哪哪都震得裂隙，把所有时间的雪都不分青红皂白地统统漏下来了。大地被我们掩住，到处泥泞不堪。密密匝匝的雪呀，起初下得缓慢，很大力气都耗费在空气里了。后来，雪愈下愈大，天也愈来愈冷。更添北风向下猛扑，我们的身体和挣扎都被冻住。先前我们还能疯狂扭动四肢，捉对肉搏，像一碗面条缠得那个紧呀。这会儿我们不敢再肢体接触了，一个个都谨身收脚的，仿若稍有不慎，我们便是那娇贵的瓷器，磕碎了。是寒冬逼停了这场混战，我们便好似冰封在战场上，与那群狮子、硕大的佛头、白象和将嘶鸣埋在嘴里与奔腾踩在脚下的白马一般原封未动，它们亦不是石像，而是冰封的活人活畜。是此，寒冬像麻风病从一棵树传给另一棵树，也传给了我们，我与他们都被冻住，北风和声响也冻在枝头。我也冷到仿佛脱光了所有衣服，全身赤裸暴露在外，这样一来我紧缩的鸡巴在我的思想里仿佛非常巨大，巨大到我的身体只能勉强算是挂在外头的某个小小器官。

我想知道最后如何了结，睁大了眼睛看这世相，眼睛睁得好大，大到不但脸庞装不下，眼睑甚至把头颅也挤开我之外了。但什么都没有，一切只是停了下来，一切世相都停在了寒风料峭的枝头。

当我再次想起，天空有种古怪的高，高得好像随时要掉下来的高，大家像干了一杯胜利的老白干，一切松动下来。战争业已结束，大地尚且活着。这场架像是给三刀刘劈散了。我们打架正酣，眼看要胜利了，有个孩子传话：三刀刘打此路过，嫌我们太吵，要我们消停。“消停”是三刀刘的暗语，给我们讲和的机会。换谁也没恁大口气，即使有假，谁又胆大包天敢冒他之名呢。大家不敢懈怠，加上又冷又饿，绕出林子，哇的一声都涌进亨通酒店。事后，很多同学口口相传说，三刀刘是白娘娘的哥哥，鬼才知道。酒席有好几桌，桌桌挤满人。大家围着没有桌布的餐桌，面面相觑，像是一枚枚硬币叮当作响。座次失了分寸，我们和他们都给掺了杂。坐上首席的武松和白娘娘好像一对离心离德的新人，受了当头棒喝，一动不动。武松毫不动弹地坐着，好像一棵呆瓜。白娘娘也毫不动弹地坐着，好像另一棵呆瓜。大家轰轰了一阵，抬起朴实的眼睛投望，好似星星坠落草间。白娘娘避开窗子，走向武松，只将月亮剩下，文质彬彬地伸出手，说："你好，我叫山鸡，鸡巴的鸡。"

武松说："嘎嘎，我知道。"

白娘娘说："今天可真冷。"

武松说："差点冻成冰棍。"

白娘娘说："我不喜欢冬天。"

武松说："我喜欢吃冰棍。"

白娘娘与武松虽然还在相敬如宾，客客气气。白娘娘却很伤心，叼个棒棒糖，一直伤心掉好些个棒棒糖。这当口我已确乎知道他是白娘娘了，武松也早知道。

白娘娘说："我知道你叫武松。"

武松说："我知道你知道。"

白娘娘说："这名字不像真的呢。"

武松说："是啊，还不如一根冰棍更真呢。"

白娘娘说："大伙都说武松赤手空拳能打死一只老虎。"

武松说："没错，《水浒传》是这么说的。"

白娘娘说："大伙还说了武松三下除个二便杀了西门庆。"

武松说："没错，西门庆是该死。"

白娘娘说："看来这名字是个很屌的家伙。"

武松说："我也觉着。"

白娘娘说："你说这家伙到底屌在哪里？"

武松说："很明显，跟大伙一样嘛，屌在裤裆里。"

大伙纷纷翻身笑场，仿佛五指散开，既不并拢，又不一般长短。大伙一团乱麻，说不出的兴奋与新鲜，最是一番山花烂漫脸。早有伙计杵来白酒一瓶，酒杯两个。

白娘娘说："一个鸡巴带俩蛋。"

武松说："逆风尿尿滋一鞋。"

白娘娘说："我们尿不到一壶。"

武松说："要撒尿，先喝酒。"

白娘娘说："为了什么呢？"

武松说："为了五毛钱吧。"

白娘娘说："或者解放全世界。"

"为了五毛钱和解放全世界让我们干了这杯胜利的老

白干。”

大伙高擎酒杯，一举干了这杯老白干。我也一口闷倒了。这场筵席是端好的，萝卜青菜，鸡肠鸭血，样样齐活。一杯白酒下了肚，火辣辣燎了心，武松和白娘娘才算冰释前嫌。一连干完三杯酒，灯光沿着大伙滚烫的身体缓缓蠕动。我们喝到酒店打烊还不走，周遭的灯都灭掉了，只留我们这块的灯，孤零零地亮着，十分黯然。此情此景，猜枚行令，个个齐活，吵吵嚷嚷的大厅，噼噼啪啪烧着了一团火。

白娘娘醉眼迷离，讲起他的五毛钱："小时候我爸叫我去种子站买树苗，一株五毛钱，在南地栽种了几十株，已经好几年了，这些柿子树长大长粗不少，也枝繁叶茂了。很可惜它们到现在一颗柿子也没结下来。有一年，我回家妈妈买了一些柿子吃，剩下两颗没吃，妈妈就把两颗柿子也种到南地去了。没过几年这两颗柿子，竟然也发芽长大了。两株柿子比其他正规军小，也孱弱很多。叶子也没那么绿。到了结果的年龄，其他柿子树到现在还一颗柿子也没结出来。这两株柿子树则抢先结果了，并且结满了，特别密实，缀到柿子树快要趴趴了。远远看去，那些红柿子像是小小的红灯笼，”白娘娘看着暗戳戳的大厅，继续道，“似乎等人一颗一颗挑去，给每个夜晚照亮呢。”

武松喝到脸红，简直十分红。听到话音，白娘娘家也有田地，似有戚戚焉。

李富强则是会错意，以为我们也要讲段故事，将白娘娘那边气势压过去，便说：“来来来，我来给大家——”李富强话未说完，再瞄一眼武松，说错话一般，悻悻然道，“来来来，我们请武松给大伙讲一段武松打虎。”我从来没听说武松还会评书，李富强一定比我更了解武松，想到此，令我惊讶的是，我竟对李富强暗生嫉妒。

我只觉武松将会推脱，没承想他却站起身来，接过李富强的话头，好似抢过李富强的话筒，便说：

“闲言碎语咱不要讲，再来表表咱好汉武二郎，接连喝掉那十八海碗崂山酒。还有事咱先讲，这一话你们要担待，我那个好爹，擅说快板，师从张志强，因是我自小便会。这一出快板名唤《武松打红》。咱就看这武松喝掉十八海碗崂山走了半里地，天气还早，就歇歇。这武松包袱放到条石上，就把哨棒立到小树上。武松醉酒刚歇息，可了不得啦。就山背后蹿出了吊睛猛的红，这只红‘哞’的一声不要紧，震得树梢乱晃荡！惊起了武松，顺着声音看：‘什么动静？’好家伙！这只红真不瓤，高着直过六尺半；长着八尺还不瓤；前蹿八尺惊人胆；后坐一丈令人忙；身上花纹一道挨一道；血盆口一张簸箕大；俩眼一瞪像茶缸；脑门子上有个字，三横一竖就念王。武松一看真就红，一身冷汗湿衣裳。这只红啊‘闷儿’的一声，直奔好汉武二郎！这武松喊了一声：‘好厉害！’一闪身形躲一旁，这只红扑到地当中央。就看红的腰，‘呜’的一声往上扬。嘎巴，这只红胯拉没有打着武老二。这只红尾巴一拧像杆枪，兜着地皮往上扫，又奔好汉武二郎！武松往上猛一蹿，蹿出去八尺还不瓤。这武松抄起哨棒他就打，忘了个子高来胳臼长，就听咔嚓一声响，哨棒担在树杈上，嘎巴一声担断了，手里就剩尺把长。这只红就听嘎巴一声响耳旁，往前猛一蹦，大转又奔好汉武二郎。这武松噔噔噔噔噔噔直管往后退！退了十步还不瓤！这只红扑到地当中央。武松一见喜得慌，两手掐住红脖腔，两膀用上千斤力：‘哎！’把这只红啊摁到地当中央。这只红觉摸着脖子压得慌：‘哎！怎么还往下压呀？’这只红没有吃过亏啊。这只红向前一摁地，红说：‘我不干啦。’武松说：‘你不干可不行啊。’红说：‘我得起来呀！’武松说：‘你再将就一会儿吧！’红说：‘我不好受哇！’武松说：‘你好受我就完喽！’这武松打完三下又摁住，撅起脚，奔奔奔儿，直踢红的面门上。就看见这只红里漫山遍野淌血浆啊，把那太阳也染了酱。武松打死一只红，留下美名天下扬。”①

我不知道武松为何会将《武松打虎》念作《武松打红》，把个“虎”字念作“红”，我觉着他是故意的。

酒过三巡，几乎全趴下了，四桌酒席，几十人，是干倒了一双胖娘儿们的两对奶子向四面八方摊开去。

那天晚上，我看到曹县城在浮动、膨胀，软嗒嗒的柏油路起伏不定，恍若“浩浩怀山襄陵”。全员人马咯吱咯吱一路走，又是蹦又是跳，夜色贴着我们的头皮缓辔而过。月亮又被乌云遮蔽，路灯哐哐哐哐一轮小过一轮。这一回，我们一气都回了教室，同学们正在上晚自习，一排排抬头望我们，呆望了一阵，又一排排低下头去，课桌便也一排排地从人丛中站了起来。回来之前，

① 作者注：此处武松打虎，从张志强老师现场评书整理改写而得。

总是耽搁一阵。我们绕出胡同，他们走在前面，我走在更前面，路灯个个粉嘟嘟，夜晚犹在。我远远望见两个人，头一个是陈安娜，第二个也是陈安娜。她俩在路的最边沿并排站着，也不说话，就那么肩并肩一般高。我一径奔去，说："你怎会在这儿？"她不搭腔。她也不搭腔。我说："你别晃，你晃得我头晕。"她摇头晃脑地开了口："我没晃，是你在晃。"她摇头晃脑地开了口："我没晃，是你在晃。"我定了定神，说："我不晃，我起先看见两个你，这边有一个，这边又有一个，还以为眼花了哩。咦，你咋两个脑袋？"她说："你喝酒了？"她说："你喝酒了？"我一把捉住她的手，说："没喝，不对不对，一口，不对不对，只有一小口。"她不理我了。她不理我了。我说："你别走，我还有一句话跟你说。"她说："我不走。"她说："我不走。"我不但捉了手，更捉了她，并捉得愈来愈高，我说："你怎的长高了？"我够不着她了，我想跟她说句话，我却够不着她了。我张了张嘴，想跟她说句由来已久的话，哇地一下，我全吐了。吐了她一身，又吐了她一身，我闻见了酒精的臭气。她没生气，只是站那儿不吭气。武松他们跟上来，任我恁地胡乱踢喊他们也不管陈安娜，一个都不管，甭说两个了。他们把我拽走了，可我还有一句话没说。陈安娜和陈安娜还高高地站在那儿毫不松动，坐地飞升也似的高，真是奇怪的高呀。又有两个人倒地了，爬起来又是一条好汉。回到教室，我第一个望见陈安娜完好无损地坐在座位上学习。头一节晚自习没结束，武松便回去了，接着李富强也消失不见。我肿着眼眶，视力减退，趴在课桌上瑟缩身子，头痛频频发作，关节阵阵酸疼，焦躁而苦耐，仿佛要折叠而去。不久，我的喉咙干疼，火辣辣烧得慌，几乎给烧着了，教室里到处在冒烟，眼睁睁看到扫视一圈，我又活了下来。快乐的一天远未结束，我收到一截三寸见宽的字条。陈安娜写给我的，我打开来，瞧了进去：

孙大胜：

你今天喝了许多酒，应该不好受，早些回去休息吧。晚上不用送我了，我自己回去没事，放心。小傻瓜！！！ ^_^

陈安娜

我当即心花怒放，反复嚼了好些遍，榨干每个字。然而这些字每回都能恢复如初。而且，我已将这张字条珍藏四十年，年年咂摸，回回都能读出新的内容，无论哪次更新都能预见我俩令人心旌摇摇的爱情神话。现今，我早把这张字条夹在一本书里，也把另一件东西夹在这本书的另一页，并为此购买了上万本书。我再也找不到字条它们夹在哪本书里了。我希望永远找不到它们。仔细回想，我还是记不得当晚我是独自回的家，还是送陈安娜回的家。只记得后半夜我才躺下睡觉，数着天窗漏进来的星星，辗转反侧。我的脑袋里不但装了成百上千颗星星，更装了我的爱情和欢愉，我也是为此而生的，其余皆可抛。事实却是，那晚我躺在自己的身体里，思想我为何总过着深困囹圄的痛苦生活，却记不得任何陈安娜，唯有一场毫不相关的枪决反复回响，令人唏嘘。

其时，我是个胆小鬼，从未涉足方圆二十里之外的地界，武松虽是行家里手，又胆大妄为，也没出过县界，但他胸有丘壑，曹县境内所有公路、河流、荒地和芦苇他无不如数家珍，他扬言，誓要步履祖国大好河山，遍览辽阔之地，却从未开拔。几乎每天他都带我出街串巷，打听新鲜事，最后于东郊徘徊。因为那儿有一座庞大的监狱，绕其一圈报废了我们将近一个下午，四角的炮楼总有狱警斜挎冲锋枪警戒。我们总是拨开重重芦苇远远地走近又走开，有几回竟然遭遇成群劳作的囚犯，好些狱警执枪放哨。武松大胆去借火，还借机攀谈，吓得我脊背发凉。武松老这样，但凡遇上，无论是过道农民还是当街妓女他照要从他们嘴里抠出一些新闻来。无非偷拐抢骗，都他妈屁大的事情，武松忿忿说，屁大的事情。我不知道他想听什么，也曾问他在打听什么。他说："什么也没打听，总要做个打听的样子。"没承想真给武松问着了，捞一条大新闻。那天挺风和日丽的，武松与我从监狱回城。有人从旁跑过，开头是一个，接着是两个，我们还未知可否。跑的人多了，我们便起了疑。武松拉住一人，那人却甩手跑了。武松又拽住一个，那人说："这架势一定大事喽，第三次世界大战也说不定。"他们还在飞奔，而且愈奔愈多。我俩不知道发生了什么，心想定然非同小可，于是也兴奋起来，割下芦苇的头颅，跳上马路，绝尘而去。我们一路向西，被 701 公交车超过，待到下一站我们才赶上，头一个下车的是女人，从她开得甚低的领口，我头一回领略成熟女人的性欲的高涨和低潮。我继续跑，终究难忘她的一双红高跟踢踢踏踏，好似两挂鞭炮开了年。来到西城郊外。待到正午时分，大地横卧于野，农田分属而治，我俩被一条岔路拐进另一头山岗。风像一只傻母鸡踩坏了一垄红高粱扑棱棱地扑上头一个小山岗，他们所有人早杀气腾腾地开满那山岗，连树上都挂满人，枝叶间松松垮垮。他们视野良好，探出身子望向一处洼地。我俩直视他们，并沿着他们的视线贯去，落到尽处——好家伙，一大票警车与警察，我们这才听见警笛长鸣。两个警察押着一个人跪在歪脖老槐下。人们哄哄嚷嚷问哪个落了网。我远远地看不到。几个似乎官阶稍大的警察脸膛通红，频频脚不点地。人犯的后头是执行武官，威武凛凛，枪一响吓得他一歪。观望的人群还在等待执行枪决，人犯早死透了。枪响的时候我们听到了，却给放过了。人犯似乎想临死前站最后一把，刚拱起后背，惊到喝醉的几个，有一个即刻拔枪对准人犯的后脑便是一枪。人犯大醉似的软倒在地。他便这么死了，两腿开叉，腰肢扭捏，脑袋倒勾，死得不像死了，更像醉酒。子弹打进地里头，这地球竟被众人看得也似乎晃晃悠悠、摇摇欲坠了。我们听到枪响，却给放过了，我们还在等待枪响，什么也没有。再次远望人犯，武松才问："嘎嘎，枪响了吗？"我说："好像响了。"响在哪里？我们不知道。跟想的不一样，不像枪响，像个体面的寡妇放的屁。这屁真小，他的死更小。"不是砍头，不好看。"武松失望地说。他们依在忙碌，把尸体翻身抬上灵车，还给拍了照，背面与正面。他的脸给打烂了，即刻开了朵罂粟花，抬尸人好心把一块块崩碎的皮肉贴回脸上。尽管拼贴不匀，我还是认出这张脸，我曾在每根电线杆上都看到这张活得生动的脸，现在这张脸虽然死了，我却感到像是遇见了一位老朋友，更死了一位老朋友。灯笼子认人枪子儿可不认。这张死脸蒙了我，环顾四周，很长时间几乎看不到其他人的脸。尽管那些脸近在咫尺，我却看不清，灰蒙蒙的，仿佛他们脸上起了雾，这真是雾气沉沉的一天。后来，我再走在柏油路上，早不害怕了，尽管路边电线杆上的通缉令还在，杀人犯的人头却不动了，死掉了，甚至连电线杆也仿佛中了枪，不再那么挺拔了。再后来，武松瞧见个单薄的人儿拎个小桶和铲子，先取水把电线杆上的通缉令通篇浇透，静待三分钟，再用铲子铲开边角。他那么严谨与小心，还是把那些脸给铲烂了。没隔一天，通缉令全给铲净了，电线杆们仿佛又站起来了。大雾一手遮天，来到眼前。

我们走路不怕了，因为该来的总该会来——排骨誓要伏击我们，不知为何却哼哧一声，拨转马头，抛下战书，扬长走了。于此，武松未置一词，撇开约书，打个哈欠，伏桌睡去，醒来还要与我争执。就这样，在雾气弥漫的角落，我们还在回忆那场枪决。武松与我的分歧很大，争执也一丝不苟。事实上，枪决当场到底怎样，我们谁也说不清记不明。我们的记忆总有偏差，分歧也大得离谱。归根结底，我是看不见，武松则是听不到。待我恢复视力看到人的脸，是武松再次怀疑枪声之前接到战书之后。为此我们再次集结，个个摩拳擦掌，跃跃欲试。“我要狠狠收拾他，”皮猴一面挠着一头红发，一面说，“有必要的话，揍得他屁滚尿流，揍得他像条狗。”

记忆马坏了，还有希望狗，总效犬马之劳。年近不惑，我才明白没谁没有半条命活在狗身上。

武松与我常翘课去芦苇荡捉麻雀，然而，武松布下陷阱捕到的只是贪嘴的老鼠。整个郊野都像老鼠一样繁殖。每次灰头土脸地扒开芦苇，擦擦蒙尘的眼镜，天下重新明亮，总有一片废弃的工厂豁然出现，我们相视一笑，好像笑声刚使我们成为朋友，一株生锈的铁柱又把我们劈开来。根根铁柱过了身，一二三四五六七八九，拢共八个车间，都半埋深土，个个好似要出膛的枪子儿。尽管我们相熟已久，但每回我都如刺猬一般局促。我们迎着太阳走上柏油路，拐进一条走烂的胡同，正是午眠时分，四下无人，我们走一截胡同宁静一截，我们停下，这胡同便宁静得像个不会说话的箱子。但闻犬吠三下，武松转身问我："是不是这儿？"我不置可否。武松说："便是这儿了。"说毕，他从兜里取出备好的工具，这套家伙捕鼠的话，这老鼠也忒大了些。我们躲在墙角，午后的太阳极辣，烫得脸疼，抽得影儿也短。鸡鸣三遍，未见有什么动静。正疑惑间，远远踱来瘦骨伶仃一匹狗，那狗有多黑？阳光白花花挂下来，独落不上狗的身。黑狗远在一丈之外，踯躅不前。武松露出脑瓜子，轻声呼唤：“哈喽，小猫咪。”黑狗腾地蹿起，走得更稀松，遇上过大的老鼠夹子，身子一短，倏忽而至。啪地一响，黑狗嗷呜一下，一声汪叫，犬吠在两壁间皮球似的弹来弹去。武松抖抖裤裆，扯下系在腰间的一根绳，我一步一响匆匆跟上。就在此时，一双大手訇然而至，一把一个拎起我俩，趿拉个人字拖，大踏步向前。嘴里怒骂：“小畜生，胆敢偷我的狗。”我掉头仰望，汉子身量奇大，脑袋端好顶着大太阳，我看不到他的脸。武松骂道：“小畜生骂谁？”我则像个娘儿们似的哭了，还流了泪，哭着哭着想起晨读的《黄鹤亭集序》还不会背诵，哭得更狠了。武松有样学样，也哭起来。汉子说：“姑娘们，你们就哭吧，它的名字才不叫小猫咪，你看他的个头像黑熊，也不叫黑熊，它的名字叫‘公正’，它最爱听小姑娘的哭了。”武松抹把脸，指着我说：“起码放了他，他被你的狗咬伤了，没偷狗，我才是偷狗的。”汉子说：“小畜生要讲道理？好好，很好，我讲道理放一个，‘公正’，你说我公正不公正。”“公正”说：“汪汪。”汉子手下一松，把我踢开。“快滚。”我爬起来，看看武松又看看汉子，汉子的脸膛绷着古铜的色泽，无一丝划痕，令人难忘。我拔腿便跑，没跑三步又折回来。看他挟着武松，解开黑狗的枷锁。武松的呼吸粗重起来。他们不理我，汉子迈着一本正经的步子走。狗跟在他后头，一瘸一拐，我像条狗一样跟在狗后头。

“你也该放了我。”武松说。

“放屁放屁。”汉子说。

“我给你讲个故事，好不好。”武松说。

“闲着也是闲着。”汉子说。

“嗨——，话说远看是条狗，近看是条狗，打他他不走，骂他他不走，一拉他就走，你猜这是个什么东西？”武松说。

“死狗。”汉子不假思索道，“你这也不是故事啊。既然讲不出故事，要讲这个，论起讲这个我有一箩筐，你还有没有，你没有我给你讲一个，你说狗有三条腿是个瘸子，人有三条腿是什么？”

“嗨——，”武松想了一阵想说淫棍，却开口道，“不知道。”

“人有三条腿就是一只瘸狗啊，笨蛋。”汉子哈哈大笑道。

汉子好像上了瘾，说：“再来一个，再一个，你要答得出就放了你。”汉子说话的语气好像在逼迫武松讲一个，而非他自己讲。只听汉子说：“一个瞎子和一个瘸子过河，瞎子背着瘸子，瘸子给瞎子指路，走到河中央瞎子问瘸子，河里是不是有女人洗澡？你猜瞎子是怎么知道的？”

武松不敢再说不知道，成败在此一举，武松试探性地说：“因为三条腿？”

汉子再次哈哈大笑，说：“你也不瞎嘛。”却没有要放武松的意思。

“我瞎，我真瞎，我的左眼是假眼，只能看到一半。”说着武松摘下眼镜，眼球翻白，努给汉子瞧。

“哪一半？”汉子一顿说。

“我是左眼瞎，自然是左边的一半。”武松说。

“你的左眼是啥子？”汉子说。

“狗眼。”武松说。

“哈哈，”汉子狂笑一阵，“快滚，狗崽子。”撂了武松出去，武松就地一滚起了身。

我撵上武松，抬脚便奔。“喂——”未出两步，汉子喊住武松。武松掉头，疑惑地看他，他接着说：“你能看到我多少？”

武松略是迟疑，说：“也是一半。”

“哪一半？”

“敢问贵姓？”

“免贵姓 Zhang。”

“看是哪个 Zhang，弓长为中劈，立早乃腰斩。”

“这是要给一刀还是两刀？”他问。

“一刀。”武松说。

“不是三刀？”他说。

武松悚然一惊，掉身便走。我追上他，要拉他一块儿跑。武松一脸阴沉，拽住我低声说：“别跑，走。”

“今天不姓 Zhang，明天再姓 Zhang。”背后传来汉子遥远的声音，“今天呀，一刀也不留。”

“你的左眼真是狗眼吗？”转上柏油大道，阳光重新摊开来，我问。

“嘎嘎，”武松说，“每个人都以为自己没有一只狗眼。”

这个太阳高照的午后，我们拐上柏油大道，武松长吁一口气。武松说慢点。于是我绕着电线杆转圈。武松问我干吗。我说我在把影子系在电线杆上，这样它就不缠着我了。武松说慢点慢点。武松说听我说。武松说今天运气。武松说我们那块有一阵夜夜丢狗。人们不堪其苦，自发组队，苦苦蹲守了三夜，天将欲晓才堵到两个偷狗贼。十几人一拥而上，揍得天昏地暗，却给一人撕开口子逃走，仓皇跳进河里。人们逮住另一个，烂尽他衣裳，游街示众好几圈才把他投河放生，只见两扇雪白的屁股浮浮沉沉，像掰成两块的月亮，闪闪发亮。第二天，我匆匆套了件爸爸的衣裳去瞧，走在路上，身体在里头咣当，使我像一匹灵魂过大的马。河边的土包上，一匹狗倒在草皮里，狗皮给剥掉了，只剩血淋淋一团肉，似是因为吐得太厉害，一不小心把自己囫囵个吐了出来。这是我的狗，我认得那双死不闭目的眼睛。我才不会被吓到，更不会呕吐。我定了定身，瞅一眼顶头的大太阳，热得我浑身刺挠。晌午一过，那匹狗不见了。我想它一定是找到它的皮穿好走掉了。不消多久，我遇到许多狗，每回狗都眼冒寒光，从来瞒不住我。后来人们又逮住一个偷狗贼，人们照例把他投河。打开麻袋一瞅，尽管没被剥皮还是死掉了，然而，却是一匹羊。看得我直笑，扒了皮我都认识它，因为它还是我那条狗，即使换了身羊皮，瞒得住别人，瞒不住我。它分明是一匹狗，你看它死不闭目的眼睛。再后来，我遇到更多人，花里胡哨，这些人同样瞒不住我。直到有一回我喝酒太甚，吐了半夜，差点把自个秃噜出来。我忙捂了嘴，再也不张口。就此我再也没见过我那条狗了。你呢？你又在想什么？我？我披的是一张刺猬皮，我反披着它，那些刺直扎进我的肠子里。武松没做声。当天下午，武松叫我去上课，自己却跑掉了。我找到武松时，他们正映着火堆密谋。随后，武松牵来一匹狗，开诵：我们在天上的父啊愿你的名为圣愿你的国降临愿你的旨意行在地上如行在天上我们日用之饮食今日赐给我们感谢你借着你的爱子耶稣的宝血遮盖并洗净我们所犯的罪啊哈利路亚不叫我们遇见救我们脱离凶恶因为荣耀权柄国度全是你的直到永远祷告奉耶稣之名阿门。诵毕，咔咔，拧碎了狗脖子，看得我双腿一软。他又给它剥了皮，看得我浑身一凉。武松把剥皮的刀子洗净，我浑身又是一凉。

约架当日，天公不作美，忽生一场大雨如注。这雨起头便不一般，雨点一颗一颗钉下来，颗颗掷地有声，仿若于天上扯下一根根笔直的雨线缝进地里头，雨水愈大愈要扯紧欢蹦的雨线，抽打世间麦场，犹若万千琴弦排军布列，气贯如虹，哗哗作响。雨水痛快淋漓，雨线被大地一寸一寸吃掉，却不见短，丈量天高地厚。我们信守不渝，风雨无阻，武松打头阵，准时赴会。排骨也毫不示弱，请来诸多帮手，如狼似虎，与我等干了一场硬仗。此次打斗乍看上去何等刚烈，却被这场雨泡软了，好似娘儿们哭丧。大雨蒙身，雨线密不透风，灰蒙蒙的气派一蹴而就。我看不到我们，也看不到敌方，整个大雨淹了我们也淹了对方。雨帘更密了。我闷坏了，几乎不能呼吸，犹似拼命扒开芦苇，我的脸这才破开雨线，大口大口地喘气。我的脸这才漂在雨外，上上下下，犹若浮萍。我也看到了，看到所有人的脸也都个个拨开雨帘，漂在雨外，大口大口地喘气。大风吹来，数不尽的脸上下浮动，漂在大雨如注之外，激得水花四溅。而大伙的身子尚深埋雨里。但见武松的脸开风气之先，于边角绕其几匝，面色格外阴郁，一个唿哨，朝前逼去，咕噜噜的水泡从他嘴里涌出。这一瞬，我们也发了疯一样向前滑去，撞上对方数十张面目狰狞的脸孔，我们也同样面目狰狞起来，咧开的嘴巴吐出水沫，捉住对方狠狠撕咬。不大一会儿，大伙的脸都鼻青眼肿，没一块好地方了。我沉沉浮浮，只顾大口喘气，着实惊慌。这一场好斗，管不住水波不兴，雨消人长，使得头一轮雨帘几欲断线，只见这场大雨如注抖了几抖，又给续上了。这一回落雨成林，大雨仿佛是地里头长出来的，一直捣上天去，把天给搅浑了。大伙的脸再次拨开雨帘，漂在雨上，没几回浪游，捉住下家，再战一轮。大雨坐地起价，愈来愈大，我看到老桩的脸高高在上，像一轮明月照耀大伙，个个满脸鳞伤，嘴里都是泡沫，舌头挂在外面。然而我的眼镜早经淋湿，我又看不到了，我相信武松也看不到了。接着，我不知道咋了，其他人也不知道，只听砰的一声，大伙都给吓停了。此前，雨水早在减弱，响声过后，大雨才算停掉，天气还是那么坏。后来，武松告诉我，那是一声枪响，子弹击碎了武松的眼镜，武松竟安然无恙。这声枪响太过可疑，并不因为它没杀死武松，而是这声枪响太像枪响了。枪响之后是一大片寂静，沉闷、乏味而辽阔的寂静。几十张脸顾不上惊异，漂在雨里，雨更顾不上停，只是风太大，接着便下雪了。开初是雨夹雪，接着雨的分量愈来愈薄，雪则愈下愈厚，直到下来一场嘎嘎朔雪。那雪下得真大呀，纷纷落上我们的头壳，把我们的脑袋全埋掉了，我们的身体则杀得天昏地暗，令人胆寒。可开头不是这样，那时大伙还都客客气气，雨也下得紧，排骨藏在后头，白娘娘强自出了头，只见他一挂挨过一挂，将湿雨抹掉，彬彬有礼地张口："嗨，你好，我叫山鸡，鸡巴的鸡，想跟你打个架。"武松也向前几尺，彬彬有礼地开了口，嘴里因为灌满雨水而含混不清。白娘娘说："原来是你呀。"武松说："远是我。"武松开念主祷文，镜片上蒙上一层细密的水珠。白娘娘侧耳细听，什么也辨不清。一场恶战即将开锣。

五月降临的下午，我终于把安娜想出来了，这场打架于她则从未有过。那天正午她破例回了家。从家里出来，太阳在天上待了两个小时就彤云密布了。快看快看，那里有人在跑。他们为什么跑？因为有人追。追他们的人也在跑。是谁在追他们？是雨。又是谁给他们追？是雪。他们要都是妓女该多好，那样无论是雨还是雪都像河水一样从他们头顶漫过，洗净风尘。他们靠得很近，都往一个方向跑，速度之快，快过车轮。安娜逆流而上，因为道路不平，她仿佛只有一条好腿走，走向之地也必是一条好腿之处。她走不动了，一把拽住跑得最快的那个，这是个男孩，男孩的脚，男孩的手。“快放手，快放手。”“你跑什么？”“给人传话啊。”“给谁传话。”“不是我传话。”“传什么话？”“是别人要传话，我只是看热闹。”“谁要传话？”“求求你，别再问了，我就要迟到了。”安娜抬头望天，雨雪正落得紧，她却在往上升，往上升。男孩挣脱了她。安娜找到学校门口，往更反的方向走，第一个十字路口她拐进一片小树林，这是一群乱葬岗，一幢幢坟墓冷冷地、戒备地趴那儿，每一座坟茔都是一次心跳。年近耄耋，安娜总能回想它们。“我把我的坟墓藏在坟墓堆里，以防你找到我死去的地方。”事情总令人沮丧，安娜老想死掉，按部就班地老死，却总看到安娜倚着树干，被墓群吓得发抖。她每次闭上眼睛都以为自己这回真死了：“每次想到我死后，你们还在不安地活着，真怕自己死后也会患上这种癫痫。然而，事实是当你们都死了，我还活着，这才真叫人发疯。”

武松是打架好手，未尝败绩，经此一役，更是脚底生根，屹立不倒。这场恶斗未过仨月，祸从天降。那夜又落大雪，第二天却是好天气。武松照例去上学，在班里待了一整天，事情发在当晚。晚饭过后，武松没回教室，在校园各处走动，见过各样同学。武松手里拎一把镰刀，在假山石上磨了又磨，磨磨蹭蹭，来到学校后面的白桦林，开始收割，白天一片片倒下去，黑夜一片片高上来。活干完了，镰刀往天上一撂，一弯月牙儿挂当中。武松向白桦林更深处去，被树根绊倒。寒风凛冽，武松起身往回走，突遭割喉。这一刀毕其功于一役，武松毫无防备，须臾毙命，过程惨烈。

翌日清晨，人们才知此事，学校报了警，围观者甚众。同学们大都跑去看，也拽了我去，我对血腥之事从不稀罕，却被他们搡到前头，并在人众里瞥见白娘娘。我疑心有假，这是武松的惯用伎俩。我圆睁了两眼，狠狠瞧去，最先望见的不是尸体，是血口子，是一抹皮肉翻卷。我想昨晚，武松倒地之初，伤口必定像一条被大浪拍上岸的大鱼，拼了命扑腾；冒沫的血液也各处流淌，缓而广，忧郁而悲伤，像狼群对头狼之死匍匐于地。如今血已干结，伤口有点呆，像个假领子，挂在脖子上，仿佛很轻易便能把伤口摘走。他们都围观，我也是。我看到一张脸盖在武松脑袋上，犹如裹尸布耷下来。武松死了，真死了，一拨尸体，两条胳膊挂下来，像两股浓血分拨流出来。瞧上一眼，我掉身便走，我没哭，更不会伤心，我终生后悔，因为忘不掉，我忘不掉死了的武松，更忘不掉没死的武松。他项子上的伤口啊，城里最好的裁缝也缝不上了。这口子有多大？恰与他这条命一般大小。寒风再次袭来，我看到武松正在奔跑，他没向我，也没向任何一人，他愈跑愈快，跑得胃里一阵恶心，跑得胸膛里发了疯，脖子上鲜艳艳的红领巾正迎风飞扬。我边走边看也边想。事发前，武松定然出了神，头愈垂愈低，双腿挺得笔直，入定生根。武松不是软骨头，没有瘫倒，他是给干脆利落放翻的，像撅折了一根旗杆。

正文一

百年修得同船渡

太阳升起的时候，他们还在挖坑。太阳升起老高了，他们还在挖坑。这个坑是个四四方方、很深很深的土坑。奶奶没得力气了，陈百年也中途停了一下，擦擦额上的汗，看了看太阳。这个坑的大小是刚好的大小，刚好能够把无论从哪看都能看到的太阳装下，然后埋葬。好像这从来就不是一个埋人的深坑。

奶奶有七个儿子，爸爸是第四个，第五个是陈百年。陈百年活得好久，好像已经活过了一百年，事事都不过问。妈妈是个哑巴，生前就病着，就知道哭，死了同样生着病，死没把病带走，却把人带走了。妈妈死后肚子日渐胀大，像有人给她吹气，吹气是为了使她活转来。一定是哑巴告的密，跪拜菩萨，嘴巴哆嗦。得到消息，老天爷很快变脸。半道上阴云密布，耐心等一下，暴雨像是往上升了一段才掉落下来，天塌了一样。河水湍急，大路漂荡。水里头漂满了腌臜的臭绿，没一块干净的地方。总是大水藏不住，沉了桥，决了堤，把天灾抬高一寸。屠头岭很快像一个窟窿漏了出来，浮浮沉沉，越漂越远。

屋子突然大得要笑掉大牙，我打开门，走了出来。整个夏天没落一滴雨，热得四处冒烟，河流和池塘都落了下去。老天超高，太阳超大，空气刺刺直响，热气把身子也要摁到地下去了，我看到我的身体像个断头骑士，阳光浓烈似血涂满全身。奶奶颤颤巍巍站中央，多余的脑袋学会了抽烟。快走快走，嗓子冒了烟。过了不久，还是太热，我的脑袋飞上了天，怎么都掉不下来。

通常过了孩儿桥才算出了屠头岭，小径两边已被夷平，到柏油路都光秃秃了。热天的沥青冒着油，路面反射白花花的碎光，蹦蹦跶跶跳进草丛都不见。我们走得慢，荡下一阵风来，带走头顶一丝热气。奶奶呼吸急促，小脚颤颤巍巍扑通一下晕倒在地，像一枚心脏摔到地上。迎面来的范丽娜十分照顾奶奶。奶奶慌慌张张要躲开，躲不及恨恨道："我怎么还不死。"范丽娜问奶奶干吗去，这么早。我说到菏泽。范丽娜说："到菏泽干什么？"奶奶说："买衣裳。"范丽娜笑了："不过年不过节的小孩子买啥子衣裳。"奶奶说："我的衣裳。"范丽娜不言语了。奶奶起身要走，因为奶奶还在想半年前听说范丽娜得了肝病，死过去了。看她的目光愈是森凉森凉了。

这热气像上满的发条，这空气似乎又空虚许多，我们在路边看风看景。拐弯的地方掉下来好几辆汽车，都不是我们需要的，它们像甲壳虫跑了一只又跑去一只，带来风的背面，一次一次漏翻五官，芦笙一样呜呜地响。我和奶奶爬进汽车，座位都满了。一张张脸孔哗啦啦响，像认识许久，又都给翻过去了。售票员从座位底下抽出马扎劈了一劈，奶奶坐进过道中。我站在奶奶后头，扶了座背什么也不想。车开得越快，越颠得人疯，我也越加散散荡荡，只有膝盖固定不动。奶奶低头睡着了。奶奶拖我出去让我到院子里尿尿，奶奶又回到屋里了。院子里凉滑似鱼，尿液里泡了个月亮，更有蛙叫蝉鸣，我要玩谁是谁的游戏。我输了，偏不认输。月光输给了窗子透出的光，我走上去，灯光霍然上涨了来——挂到我的阴部。阳光也透进来，像谁也抓不住的脖子经常换一换谁的头颅。窗外的杨树一愣赛一愣闪得很快，似乎都想进来，风景像是神的儿子向外运行。我心下大寂，随着颠簸晃晃悠悠，等待汽车拐弯。

汽车停了下来，下车的地方还在跑，我不想走，地球转动的力量推我出去好远。

真高啊，那么多的楼房仿佛一下子蹿上来，多可怕。出了花都汽车站奶奶找到一个大大的圆圆的塑料桌子。环境十分糟糕，桌子中心插着一顶很大的遮阳伞，印着可口可乐。与我们拼桌的一对男女，吃着两屉小笼包和米粥。奶奶买了两根油条和一碗胡辣汤。奶奶劈开一次性木筷，两根筷子磨了一磨，剃掉尖刺。我爬上了椅子，桌子油腻腻的，阳光像胶水一样被粘上了。一个电视遥控器黑乎乎的，按一下遥控器，找不到电视机，应该是那个按键按响起的车喇叭推开了人群，像是突然打开的屏幕。那个男人不停地抽烟，好些洞戳了红背心，烟头插满一次性水杯，女人低着头，吃东西像是呜呜地哭，很斯文，怕弄疼了包子。奶奶要我在这里等她，不要乱跑。“我很快回来。”奶奶神秘地一笑，瘦小的背影飞快走向人群，似乎冒了很大的险，撞进了敌军的埋伏圈。我吃完以后，奶奶还没回来，对面的男人也抽了好多烟。我安安静静的，像个孩子那样，高高地坐在椅子上，脚尖试了几次都够不到地面。桌子上换了好几拨人，我一直没敢下来，脚下的土地好像深渊奇迹一般恐高。直到一个人也没有，奶奶毫无踪影，我以为我弄坏了遥控器。马路上的人那么多，没谁多看我一眼，只有安静的桌子和椅子，好像它们都是别人的灾难。我非常担忧，虽然我现在只是坐在椅子上，我却更害怕等我该走的时候，是椅子扛着我走的。马路的对面是花都鞋城，每个从里面出来的人都穿着鞋，仿佛每一步都换一双新鞋。一双黑色的小脚，蹒蹒跚跚，像是要爬过来，这个老太婆叮叮当当地边走边看，直朝着我看，摩托车和小汽车从她身边划过，没有一辆撞死她。“是你奶奶。”老板喊道。

奶奶一把拽我下了来，好像地面突然出现了似的，我也胆大地站了上去。奶奶像一个人贩子似的焦急地说：“我们快走吧，不然就晚了。”奶奶的衣服弄湿了很大一块，像爸爸趴在她胸口哭了许久。烈日当照，爸爸变身无数蝗虫，像无数金黄的箭簇射进来。奶奶头顶的一朵白云像是花钱雇来的，很快散了开。

很多三轮车问奶奶要不要坐车，奶奶低着头，不与他们搭话。走过这段柏油路，拐进夹斜路，像是推开另一扇门，拆掉的房子到处都是，支支棱棱的几间屋子是竞争贫乏的教育书店。门口停着一两辆电动车，后视镜把天空掏下来一小块。道路尽头扎进去，庞大的玻璃大棚，长长的铺位，男男女女都是人，太拥挤了，热度也持续上涨，像一个蒸笼。我和奶奶像是被一只巨大的手从棚顶拈出来的，骨骼尽碎，嘎嘣脆响。这里竟然阴凉，没一丝阳光透进来，全是楼房背阴的地方。水桶溢满了水，很多水把地面烧黑了很大一块，哪里的皮管子漏水。所有的门脸紧挨着，几乎挤歪了，像是裁剪不当的裁缝铺。就近的一家，门口搁一条板凳，空空如也，仿佛在邀请死神停一停，坐一会儿。铺子里没人，奶奶喊了几次，我没听过奶奶这么大的音量说话，有些怪腔怪调。一个胖女人像客人一样，从背后走进来，越过我们以后好像摇身一变，从脚到头外翻了一层皮，变身主人，抬了木板钻进铺里。我把自己往上拉了一拉，才勉强看到她肥胖的身躯，臃肿的脑袋，每一个表情、动作无不令她再次膨胀，稍不留心就会像熟透的西瓜瓤爆裂开来。她从柜台上取下一套衣服。奶奶说："不是这套，另一套。"她转身从下一层柜台又取下一套衣服。柜台后面冒出一个小孩的头颅，他舔着舌头，像在吃什么东西。衣服是蓝底烫金边，内里是红色丝布。这一身棉袄棉裤不是很厚，比女身还要漂亮。除此之外，一件缀红顶的帽子。脚蹬枕头都硬邦邦地响。老板娘打开的红布绸里包裹个个数着，噙口钱，金元宝，棉布鞋袜和绸布带子。这件衣服不那么好看，也没有美感，几乎也没有尺寸，好像穿不进任何人的身上，好像这衣服是用来杀人的。奶奶一个一个查验，怕差错一件。我掉落了下去。奶奶付钱的时候，发现她的口袋遭人划了烂。是谁窃走了她的钱包，钱包里没有钱，奶奶诅咒窃贼断子绝孙。奶奶抖抖索索从贴身的衣服里掏出黄布包包，付了钱，又同样费劲地塞回去。老板娘把衣服叠好，装进蛇皮口袋。我们出来的时候，小男孩也跟了出来，歪倒的水桶张了大口几乎要吞了他去。他在浅浅的黑水里欢快地蹦跶，嗑嗑啪啪响着，原来是无数的蝌蚪，他手里舞着油腻腻的巨大的麻花。他们的招牌同样过于巨大，也许奶奶就是冲着这巨大的招牌进来的。“花圈寿衣”四个字快装不下，要掉落下来了。我们走了出来，奶奶驮着蛇皮袋，像驮一匹骆驼。门口那条板凳，空空如也，应该已经被谁坐过，又走了。

“奶奶。”

“嗯？”

“这样热的天，穿棉袄不热吗？”

“现在不穿。”

“那奶奶什么时候穿？”

“可能到冬天就该穿了吧。”

“这样热的天，我想回家。”

“我们马上就回家。”

“奶奶奶奶，我不想回家了，这么热的天，我想吃冰激凌。”

奶奶带我去公安局，等车的人很多，站牌生锈了很多。到处都是车，没车的地方都是人，没车没人了还会有楼房。好多人傻傻地等车，我和奶奶站在这里因为我们比他们更傻。过去了两辆2路车才轮到我们。传染似的，公交车也生了同样的锈，路途遥远，车快得好像只拐了一个红绿灯就到了。门卫出人意外地没拦着，我和奶奶窃贼一样躲避任何有人的地方，走了进去。院子里停了好几辆黑色轿车，像好几个窟窿从地底下突然蹦了出来。迎面一幢楼，不懂得任何装饰，高大得像一座山，我能看到尽头完全因为楼顶慢慢飘下来给我看了一眼又慢慢飘了上去。这里跟我去过的任何地方都不一样，很多很高的台阶，永远走不到头的走廊，大而无当的房间和空间，还有走路不会摇晃的人。两个警察带一个犯人走了过去。犯人温温顺顺地带着手铐，又黑又胖，光着脑袋，赤了上身，好像没有的脖子纹着黑色高脚杯，温温顺顺地走，好像生怕磕碎了高脚杯。咔嚓咔嚓，是谁打草惊蛇。又瘦又高的警察冲我走来，跨了我过去，他呵斥后面倚墙站立的男人。男人收起手机委屈地说："我没有录像，只是拍个照。"他的脑袋缠满绷带，网兜倒扣脑壳，流到脸上的血已经干涸，一说话血沫像细小的晶体一样洒落下来。你说他多倒霉，走在路上，没招谁没惹谁，给石头砸破了脑壳。他该当场死去的，那是一颗划过天际的陨石。一进来，扑通扑通，奶奶像突然掉了下来，四肢慌乱，脸上微微发抖。奶奶乱蹬乱踢，忘了应该怎么走，好像丢掉了自己的双腿。奶奶停下来，靠着窗，似乎在寻找自己的腿，顺便找一找自己。窗外对面的墙角拐出一只猫，跳上一株白玉兰树，又跳上墙逃出墙外去了。沥青路上都是车，几乎是凝滞的，看不到交警，只有一双白手套悬在半空跳来跳去。奶奶的双手从窗台上跳下来捉住一条胳膊，胳膊爬到肩膀，肩膀扛着的脑袋，皱了皱眉，惊讶地掠过我，竟然停了一秒看向窗外。那只猫出现了，从一辆车顶跳到另一辆车顶。“邢队长。”奶奶说。邢队长胸口的短衫汗湿了，腰间挎的手枪样子有点怪，像是跪下给我们看的。邢队长走不动，又不好停下来，不知道摆什么姿势，屁股挪来挪去，撅在桌棱上，四角棱子已经全部吞进屁眼里去了。另一个警察抽着烟，开心地笑着。奶奶又瘦又小，整个身体几乎全软了，像是从邢队长的腿上长出的另一条腿。

“我早说了，听不懂人话吗？”

“等也等了，找也找了，差不多六年了。”

“你这么跑来跑去也该到火星了吧，老他妈抻着算什么事呢。”

“我都半截身子埋黄土了。”

“谁他妈说不管了？”

“刑队长我不是要给政府添麻烦刑队长我是想着我这把老骨头能不能看看儿子。”

“赶紧回家，别瞎折腾了。”

“刑队长我不是要给政府添麻烦刑队长我是想着趁我这把老骨头还在能不能带儿子回去老待这儿也不是办法，”奶奶往肩上抽一抽衣服，“总不能老待在这儿。”奶奶把我推到前头：“孩子都认不得爸爸了。”

“你儿子也不在这儿啊。”

刑队长站了起来，他并非真的站了起来，只是从一种站姿找到另一种站姿，像一个站久了的人把奶奶从他腿上掰下来，伸一伸腰打个哈欠说：“出去走走。”他一瘸一瘸走出去了。奶奶的告别只该是：“好久不见。”奶奶不敢相信自己有腿似的站着，她还没学会走路，突然发现自己站在那里。奶奶不知所措地站了一会儿，找到仇人一样说：“来的路上给人划烂了衣裳，虽然没少什么钱，总归是小偷，你们能帮我逮一下吗？”窗外什么也没有，像是猫回来又走过以后的没有。大街上的车辆还是静止的，已经换了新的一拨，该不是交警一辆一辆搬走又一辆一辆新搬来的吧。

烈日没动过，热气也从没动过，这样热的天，一丝风也没有。奶奶看到楼房，奶奶看到汽车，奶奶看到沥青，什么都没有发生。奶奶很累了，坐下来歇息，一动也不动，死了一样，只有抽的烟燃烧，像火山喷发的样子。我跟在奶奶后面，太阳穴猛烈地跳，很是悲伤："奶奶奶奶，这样热的天，我想吃冰激凌。"奶奶哆嗦了一下，像是突然给远古的冰山推了一下。

从东城到西城我们是走过去的，我不知道要去哪里，好像哪里都可以。我们路过花都汽车站，一辆接一辆的汽车整齐地码放。我们吃过饭的饭馆不见了，走了一段才发现它挪到了另一侧，好像从这时饭馆突然成了我的朋友。再往前什么都没了，废墟都不见，只是荒野，过膝的野草发疯地长，沟渠硬得像一根干柴。一大片平地近在咫尺，大老远就臭不可闻，应该到了化粪场。一只鹅追上我们，嘎嘎嘎嘎地咬我们。奶奶不管不顾，我追不上奶奶了。不是奶奶忘了我，是我脸上不停地流汗，感觉像是我开始融化的脸滴滴答答不停地向下滴，一颗一颗啪嗒啪嗒匆匆掉到地上。奶奶借着拐弯的力量看了我一眼，那眼神分明认不得我了。似不惯与生人走，她走得急，步子相当乱，一道漫长的斜坡也几乎把我推回去了。到了最高的点我们齐齐掉下去了，我听不见奶奶的喘息，走路也是一步一步往下掉，好像一点一点死掉了。奶奶死得安静，走路也安静，可她要去哪儿呢？好像我也该死一死，那样我就能找到一座火葬场，排队进门了。火葬场很大，很多火化车稳稳地朝前排了队，院子不够用了，栏杆把长长的队伍折来折去，给了另一个方向。要不是奶奶死得刚好，谁进得来？过了火化车，奶奶带我在空空的地方绕个很大的远，一拐弯来到墙的这一边，赫然瞥见殡仪馆。奶奶进去了，双腿熟练地迈了进去，好像她已经死过多次。她让我在外面玩，很快出来。玩转了两步我突然发现近门的地方有铁栏杆被隐秘地锁住了，这才想到我们刚刚绕的远。阳光照不进长长的走廊，进去的斜面尽是明明晃晃，好像给谁抽走了热量，冷冷飕飕。走廊很长，阴森阴森的，两边都是一样的房门，奶奶辨不清哪个是哪个。一扇半开的门吱吱响着，像在邀请奶奶进去。儿子躺在盒子里，全身冒着烟，一丝不挂。儿子胯下黑乎乎的毛下埋着一根阳具，奶奶害臊得像是头一回发现儿子有阳具，比她想象的要大，发硬发紫，包皮也快脱落了，似乎儿子要因此活过来了。儿子被冻得不成样子，四四方方的胳膊，四四方方的腿。他们把儿子做成了冰激凌，奶奶认不得儿子了，儿子长大了不少，脸给人砸得稀烂。儿子在她面前又死了一次。在此之前，眼看刑队长要跑，奶奶抱着刑队长的腿抖着蛇皮袋里的寿衣说："刑队长刑队长行行好，就让我把娃带走吧，你看你看娃的衣裳我都带来了。"好像儿子不是死在六年前，而是为了穿上这件衣裳突然自杀死的。四个人抬了一具死尸，谈着麻将、球赛和彩票路过我的头顶。我昏昏沉沉进了去，走了很久进来一扇开了的门，这里的生意冷冷清清，站着一高一矮两个人，矮的是奶奶，也是枯瘦枯瘦的。长长的盒子真合身，爸爸刚好躺进去，爸爸还冒着烟。蛇皮袋里的棉裤棉衣已经解开来，奶奶该给儿子穿上，起码能暖暖身子呀，只有缀红顶的帽子花了冤枉钱。从侧面看，奶奶的脸好像在笑，哐当一下响亮地笑了一声，她佝偻了腰半蹲着，似乎怕双手支在膝盖，好让更多的笑停在膝盖上。奶奶很不习惯地走了出去，脸也不再笑了，只因为害臊而发烫，脸颊时不时抽一下。似乎从这时，他才刚刚成为爸爸。爸爸像一只绿色的蜥蜴从后面爬上我的肩头。像是为了再笑一回，奶奶又进来了，肩了墙角的寿衣就走，同时也提了我到腋下。爸爸勾头看我一眼，眼冒泪光，爸爸差点活了过来。

奶奶来到树下，非常急迫地蹲了下去，关节处处咯嘣脆响。我站在奶奶后头，拍着奶奶佝偻的背。奶奶拨开我，让我站好。她还蹲着，像在不顾羞耻地小便，骨头随着尿液急遽地排空了。

奶奶找来四个人到冰库把爸爸抬出来，天已经很晚，院子里几乎没人了，他们好像是奶奶临时从土里挖出来的四个人。奶奶跟着他们被栏杆倒来倒去。你们倒是快点啊，这么热的天，爸爸该化了。他们进去了，我怎么探身子也看不到爸爸了。怎么办？去，还是不去？太阳落到西边去了，温柔得让我想哭。奶奶掏出两包烟卷递给火化工。火化工掖进兜里，打开铁门，抽出火化炉清扫干净，把爸爸抬上来，投进炉子，浇上柴油。火化工关好铁门，摁了一通按钮，给自己点上一根烟，眉毛和发梢烧化了。火炉好像给眉毛和发梢引着，轰地着了。

一支烟的工夫，奶奶抱着红布包好的骨灰盒出来，看到我远远站在无花果树下，太阳早已下山，地势慢慢下沉。

在花都汽车站对面，奶奶领我进到菏泽汽车总站之前，到小卖部买了一瓶可乐给我。我们坐了一个小时的汽车，才从菏泽市到另一个地方。可乐不是冰镇，我没有喝几口，气老顶我喉咙，可乐瓶也都冒泡冒傻了。

到了曹县城，很多三蹦子要拉人，奶奶拽住我坚持走了半小时。到的地方给高楼围困，竟然是一片很大的棚户区。一转脚就到掉进胡同了，奶奶走得很快，把石板路踩作跷跷板，哐啷哐啷响动，似乎从第一块石板开始，奶奶过分小的脚踩着陈百年一般，就要崴倒了却总也崴不倒。窄小的胡同老也不走似的，一扇褐灰的铁门突然开在外头，然而陈百年家锁着门，怪哉怪哉，我不过走了一个暑假，门上便布满锈迹了。奶奶撺掇我翻墙，又高又厚的墙，怎个进法？可能待久了，奶奶发了疯，拣几块砖头，都碎裂了，三环锁就是结实，砸也砸不开，突然沾染褚红的砖泥，陈百年家连条门缝也劈不开。

回到家已经是第二天，奶奶把骨灰盒藏进被窝，怕爸爸醒来似的。刚刚离开又折身取出，把骨灰盒放进冰箱。

那天格外地长，我不知道还有什么事，奶奶又不说。她总闲不住，驼着背转圈，要把地皮揭开卷起来走。我跟在她后头扑扑腾腾，像是在学不会的游泳。奶奶乜我一眼，似乎生气地说：“你怎么那么笨？”阳光直射下来，她的脸突然凸了出来。院墙不高，可以说很矮，每次都像挂在奶奶腰上摇摇晃晃。昨天弄死了一只猫的胖墩、王洋和竹竿跑了过去，我只看到他们的脑袋跳过去，吓不着我。奶奶好像不需要我了，我翻身到墙外追他们。另一条巷子把他们拐跑了，我不知道他们跑什么，好像躲避什么怪物。走在这条长长的巷子里，我掏出可乐瓶喝一口，可乐瓶里的可乐没有了，是我倒了凉水进去，又喝了一口，两边的墙壁高高地向上，裂缝、豁口到处都是，遇到好人家，墙头镶满了碎玻璃。杂乱的墙头草给风刮得两边倒，门也哐啷哐啷响，可是根本就没风。头顶青色的天空像一块一块巨大的石头要落下，砸着谁就砸死谁。快到巷口了，水也喝了完，还是没有人，空空荡荡，啥也没有，只有口哨声嘘嘘传来，热闹的好像是另一边。天很高，比其他地方都高。我开始打嗝，好像昨天的可乐现在才顶上来，许多酸甜的气嗝从肺里压上来，撑开喉咙，破了口。许多没人管理的气球也从另一个方向升了上来，好像它们都是我打嗝打出来的，红的，粉的，青的，白的，和其他颜色。气球好像测到了老天的顶，剩下的高度被折下来，隆隆地降下来一些旱雷，击碎了一些气球。这些旱雷大概是从地里长出来的，升上去的时候比气球还慢慢腾腾。每回炸响，我的全身都像被电击了一下。炸雷一次换一个地方，像被傻狗追着跑，快到我这里了。先到的几个炮壳子落在我脚边，双脚抬上来就是腿，一跑就到了胡同口，跑的同时也摇到了肩膀，肩膀扛着我的头，一颗头撞上另一颗头，是我撞到了陈百年，其他的炮壳子都落过来了，差点砸到陈百年的头，身子一扭躲了过去。接着是肩膀，蹲下来的屁股压着脚。陈百年吹了一声口哨，又点了一根双响炮，脚底麻了一麻。

我说："奶奶到处找你不着。"

天黑下很大一阵，陈百年才到家。陈百年肩上扛个长长的竹竿，有些好笑，我觉着陈百年是顺着竹竿爬回来的。陈百年消失了。陈百年又出现了，灯光罩住了他。他瘦得够呛，突出来的骨头把阴影顶个蓬子，陈百年像个破了好些洞的魂魄挂在灯罩下头。陈百年坐到奶奶对面，冲我呵呵笑，我没好气地乜他一眼。好像有第四个人，坐在我对面，默默注视。奶奶脸上、身上一块一块的阴影微微发抖，站起来的时候都稀里哗啦跌落下来。奶奶理也不理，连句“你走得比我们早，来得倒比我们晚”的疑问也没有。奶奶吃饱了，身子抖擞抖擞，向后推了一推。我看不到奶奶了，这么多的鬼嗖嗖贯穿了奶奶而过。

今天我很早便睡了。醒来我以为天亮了。小小的房间，一片漆黑。门缝漏进来一条长长的光亮，蹦上床的时候，被谁用棍子敲折两次。透过门缝，我看到奶奶正在和谁说话，她对面的人被门挡住了。我有点害怕，奶奶像在一个人跟白炽灯说话。这盏不怎么亮的白炽灯，给奶奶送来了一些红红的鸡蛋，因为她刚生了个儿子。她话里掩不住的兴奋，几乎要把儿子送给奶奶了。奶奶一再推辞，她才恋恋不舍地走掉了。临走前，白炽灯又说了一句，灯光突然矮了几分，她说她想借五百块钱。她已经尽量做到不急不躁了，可是她借钱的语气像催债，只给奶奶五分钟时间，不然就杀了奶奶。白炽灯等得心疼又艰难，仿佛这五分钟是她花五百块钱买来的。奶奶呆立了足有三分钟，拣出两张一百块数给她。白炽灯这才告辞，挥一挥手作别。我看到那只手，是白炽灯剁了这只手质押，我猜是手腕的翡翠玉镯留住的这只手。

重新躺回床上，我再也睡不着。半夜有贼进来，听到声音，我悄悄跟上。两个贼，一个大的，一个小的，竟然走院门逃去。我翻墙跟在后头。月上树梢头，所有地方都在发白，像下了一层白霜。他们出村过河，穿过一片野竹林，进到黑咕隆咚的麦茬地。广阔的麦地无处可藏，他们每次回头我都趴下不动。走了很长时间，来到另一片同样黑咕隆咚的麦茬地。这里有五个坟茔，这五个坟茔分别是大伯、二伯、五叔、六叔和七叔，大大小小，长满荒草。夜风过处，像个小鬼颤颤抖抖。我躲在一棵树上，哆嗦起来，身后的麦地广阔无垠，轻易推了我出来。小小的影子晃了一晃，好像从小小的影子里掉下来另一个影子，她惊道："谁？"她的怪腔怪调，像是谁把喉咙拧成了麻花。我匆匆向前跑，摔倒了两次，爬起来两次，似乎永远跑不过去。我带着哭腔喊："奶奶是我奶奶是我。"奶奶一把拽了我上来，低低骂了一句，让我住嘴。奶奶把已经很远的我推出更远，远到扯断了血脉。奶奶踱来踱去，向北丈量十五步，向西丈量二十三步，原来这儿有口井，多丈一步就能掉进去。确定了位置，奶奶给陈百年打了个手势。陈百年像个不会游泳的孩子，在找水，陈百年刨得很慢，一抽一抽，似乎要把地球挖通挖透，水也漏尽了。我绕开他们来到井边，月亮没掉下去，丢了些土坷垃，什么也没有，悾悾的回音攫住了我，仿佛薅了整个世界下去。我差点逃不出。他们在挖什么，银子吗，这么大的坑起码装下三百两。陈百年挖得有八辈子深，说不定什么时候拎出个可怜的骷髅。这么大的坑里一定不是银子，起码能装得下三百年。等等，怎么回事，这里头还真有一副可怜的骷髅。十分月光下，奶奶脸色铁青，跳了下去。双手爬上来的奶奶，十分狼狈，顾不得拍土，抢过铁锨填土，怕爸爸也爬上来似的，擦得十分干净的骨灰盒很快被埋了进去。奶奶坐下喘气，她想等等，直到日出，看看太阳到底是怎样一块石头。陈百年比白天响亮许多，也褪色许多。陈百年把爸爸填得规规整整，像是坑道突然弹了上来。奶奶找来一些枯草残枝薄薄地盖上一层，它跟另一块坟茔一样旧了。不对，这里原来旧旧的坟茔怎么不见了。原来是陈百年刨了旧坟茔挖的坑。旧坟茔是妈妈的坟茔。无论如何，他们总算团圆了。硕大的圆月下，奶奶呆站着，陈百年也倚着铁锨要倒下去了，我们看不见遥远的野竹林了，只听见竹叶子簌簌作响，有鸟飞过，也许是蝙蝠。同样，也有同样硕大的鲸鱼翻身跃过。

我不该跟踪他们的，我很快犯了困。我们没有原路返回，无论走多远，月亮都没变小，找不见野竹林，麦茬地到处都是，一块一块地松动了。我们走了很长一段，还是找不到回家的路。我爬上陈百年的肩头，晃晃悠悠。奶奶似乎有点冷，抱着双臂，那样子好像还抱着爸爸的骨灰。奶奶和陈百年脚下也没了声音。恍恍惚惚醒来以后，我知道自己睡着了。看一眼毫无区别的麦茬地，我又睡了过去。陈百年的肩膀宽阔，颠得我一醒一醒的。我一直醒来，也一直睡去。像有人拿绳索套住我的脖子，每一低头睡去，也每一勒醒过来，身体也一愣一愣翘了起来。好像我被勒死了过来，才醒转，眼睑撑开了老天，黎明已降，回家的路像一条蛇突然从草丛里爬出来，倏忽钻进野竹林去了。趴到陈百年背上，我总觉到是梦，也愈来愈轻，不久，我看不着奶奶了，陈百年一耸一耸也不知道把我丢到哪个去了。

把爸爸从菏泽带回来，埋了爸爸第二天晚上奶奶便卧床不起了。奶奶便病入膏肓了，忘了我是谁："你是哪个……安娜……安娜……叫安娜来……"陈百年去叫医生了，我坐在床边看管奶奶。我说："奶奶，安娜在这儿，奶奶，安娜在这儿。"现今我只到了记得自己名字的年龄，不懂什么是死，奶奶好像也不懂。我老也去看门外，陈百年还没有来。范丽娜却送鸡蛋来了，她的儿媳妇生了儿子了，送来的红皮鸡蛋有几个碎了皮的。送完也不走，就搁那儿站着，好像要借钱，嗫嚅着开不了口。奶奶说："你来了啊。"范丽娜就说："我来了。"白炽灯的光芒不透亮，打在奶奶脸上，黄不棱登一层沙，像她嘶哑的嗓音。奶奶卧在发着腥臭的床上一口一口往外吐气，啥都吃不下，嘴巴一小口一小口地把死亡吃进胃里。死亡盘桓在胃里。最先死去的是她的牙齿，因为她没再咀嚼，我喂她的汤药也由嘴角淌出来；接着，死去的是躯干，这儿已不剩一片肉，几乎是一块破布搭在肋骨上；曾操劳一生的四肢也一根死去一根，然后死亡漫过身体，升上脖颈，咧歪的嘴巴、没息的鼻子、合上的双眼接连淹死。末了，稀疏、花白、枯涩的头发才死在迎风拂动里，奶奶死全了，她纹丝不乱的银发翘起的两根发丝不甘心死，一抽一抽地动。

从菏泽回来，刚刚得到爸爸死掉的消息，第二天，奶奶便病倒了。奶奶有气无力，好像她的力气跟妈妈吵架的时候用完了。昨晚奶奶和妈妈剧烈地吵，很奇怪的吵，她们都站在那儿，一步不挪，上半身和骂的句都张牙舞爪，要把对方腰斩，因此，似乎她们的争吵只在阴部以上。但是，说到底，她们的争吵实际只是妈妈的哭泣。

陈百年还差半年便大学毕业，得到消息，慌忙从济南坐汽车赶回家来，来的时候他什么衣物也顾不上带，胳肢窝只匆匆带了半册托尔斯泰的《安娜·卡列尼娜》，他以为至少他在路上能看看小说了，其实，他一个字也没看，这本旧书他原封未动。

陈百年到家的时候，奶奶正值气头上。早饭时候还好好的，奶奶盛饭回来，安安静静地吃，吃着吃着，咬牙切齿说：“跑得了和尚，跑不了庙。”她牙口不好，既不是跟自己，也不是跟陈百年说话，只是要帮她齐齐咬断面条。屋子的其他部分太黑暗了，像是许多巨大的鬼一个一个生了下来，挤得够呛，奶奶被挤得低到桌子以下去了。奶奶说："跑得了和尚，跑不了庙。"嗓音尖得像在驱鬼。奶奶坚持要到巨野把妈妈接回来。

奶奶病得莫名地重，说着胡话，下不来床像是随时要死掉。陈百年翻出一支体温计，插到奶奶口里。他摸不准热度，也找不到刻度。奶奶突然坐起来要去巨野，奶奶又倒了下去。陈百年推出快要朽烂的摩托车，要到镇上买药。摩托车是爸爸留下的最值钱的东西，爸爸用这辆三轮摩托车拉客，从汽车站到火车站，再从火车站到汽车站，一位三块，这样三块三块地把陈百年从小学供到大学，马达换了好几个，车子就要散架了。陈百年竟然打着火，开了出去。买什么药呢？医生会开方子的。风的呼啸灌进耳朵，在陈百年体内回荡，道路两边的景色从后头疾速追来，甚至四面八方都乱扑上来。医生出诊了，药房也没开门。回去路上陈百年给摩托车加满油。加油站的愣二问他干吗去。干吗告诉他？他偏偏说："到巨野去。"到该拐弯的地方陈百年没有拐弯，径直开了出去，仿佛道路没有开叉，奶奶的病也好了。拐了弯，过了桥，到了家，奶奶的头吃力地从被子里冒了出来。摩托开出足够远，仿佛车把一转掰弯了道路，拐上更宽阔的鹿有路，过桥穿镇，对面的大巴和货车像在阻碍他前进。突然从路边冒出来的人拦住他，他想让他捎他一程。“就在前面的乌有乡，不远。”陈百年面露难色。他说他付钱的。他坐在后面，陈百年开得更快了。陈百年突然停下来，他身体的整个重量压给了陈百年，陈百年又推给了摩托车。摩托车的油漏光了。他们只好下了车，陈百年的一只鞋丢在了路上，走路一瘸一瘸，像是丢掉了一只脚。没多久那人搭上别人的车走了，也带走了陈百年的速度。陈百年更慢了，道路越走越窄，尘土也更多，沥青路在前面开了叉，到处都野草丰茂，陈百年怀疑走错了路。不知道该去哪儿，陈百年停好摩托车，坐在路边石头上。很多石头摆在路中央，挡住了这条道，这一条则是旁逸斜出来的。来来往往的人们都闭口不说，只有石头呼叫起来，其中一块四四方方的石头是刻着“定陶”的界碑。陈百年撇开石头推着摩托进了另一条道，像蹚进水里。

初初到了巨野，姥爷家锁了门，一个人虾子也无。陈百年翻墙进去，院场连条狗也么得。屋里家具也都乱糟糟，像漂到水面上。陈百年探听到，姥爷浇地去了。问明路程，他寻到麦地来了。刚到河边看到姥爷姥娘很大的年纪了，水管拖得好费劲。陈百年把摩托车支在路边，蹚进水里来。姥娘坐到一边闷不吭气。姥爷给马达敲敲打打很是发愁。陈百年问："没电了吗？"姥爷瞅了一瞅陈百年，哼了一声。姥娘说："柴油泵呢，烧油不烧电。"河水静静流淌，流淌的样子好像一间破败的老房子。陈百年吃进水里，一落水中，水流急慌慌地围住他，像七八个人要害他。水可真凉，透不出气地凉，不给他喘息时间，天空也被河流拖下来远远地运走了。他整个人没入水中，有东西往上托他，像神的力量。他喝了好多水，一口一口沉下去，下面像突然长出许多只手向下拽他。几乎沉底前，他揪了一把水草上来。来来回回好多次，他每次都深埋水底，每次出水他也都是新的他，他高兴得一把把水草抛到岸边。姥爷毫无帮忙的想法，严峻的脸一次一次撞碎了很多水。水管一拱一拱似乎在呕吐，慢慢地，就打战一般就通了。河水乌拉乌拉地流，大地在岸边等他。原来河水并没那么可怕，也没他想象的那样深。他从水里走出来，大地不为人知地升上来一点点，脚下松快地敲打泥土，水从我们的骨缝里淌出、下流。陈百年掉头看了河面一眼，就像给它一枪。姥爷重新摇了摇把，柴油泵嘟嘟响动，柴油是满的，马达有力地抽搐，水管一抽一抽抽了水进来，水管的水汩汩鼓了上来，像一条蟒蛇，横过马路，哧溜哧溜钻到麦地去了。

姥爷才不感激陈百年，他气势汹汹，他说："我女儿没在这儿，一堆活要干，哪里有空管她死活。"陈百年唯唯诺诺，不敢言语。陈百年走都走了，费劲巴拉推着摩托车，姥娘却把陈百年叫住："她刚走，叫我骂走了；唉，嫁出去的女儿，泼出去的水。"陈百年费劲地要推摩托车走。姥娘说："没油了？"陈百年点点头。姥娘说："我们这里还剩点柴油，给你加油。"姥爷气急败坏："汽油汽油傻屌娘儿们，那是摩托车，烧的汽油。"

陈百年以为已经离开河流了，口袋却呱呱叫起。一掏手，一只癞蛤蟆蹦了出来，在一次拐弯的地方河流不知为何又追上了他一次。

今天冷得古怪，奶奶的病还没好，她喉咙干涸，就从床上渴醒。奶奶来到柏油路边，听见行人匆匆车马萧萧，她比以往多走了两步，还是看不到人们的脸，她想“我瞎了？”这让她高兴，她咕咕笑了两声，闻到喜欢的柴油味。空气的重量排过来，奶奶揉揉眼睛，鼎鼎大名一张脸从茫茫大雾里冒出来，来到她眼前。后头影影幢幢站了好多人。

怪只怪这两个——说回来这事——也非两个孩子惹的祸。怪就怪大雨突降，河水暴涨，三日才消。夜晚初歇，圆月一轮，两个孩子精赤条条下了水。灯火星点的庄子，下了几阶石阶，洗衣的妇人一个认认真真搓衣裳，另一个泼了水骂人。石马、石虎蹲伏荒草，沙洲的芦苇抖个不止。鱼都光了净了，摸上来一只鸭蛋，另一个孩子哇哇要抢。两人都给截了去，跌进水中。这个男孩走上来，水近乎浅了许多，给什么东西啃住了。另一个男孩扑腾很丑的水花，咕咕冒出头来，就站了起来。原来河水并不深，才齐了腰，屁股也盖不严实。妇人尚来不及走，俩孩子呼啦呼啦就刨水，腿脚很难从淤泥里拔出来，连哭带爬，跌上岸来。直直呼鬼。“有鬼有鬼啊。”

寻声望去，月亮的碎片，拉了很长一片，晃得一丛水草宛在水中央。仿佛有一张鬼，给水泡涨了，浮浮荡荡，漂到面上。招来几个汉子，踏了进去，哪里有鬼。分明一个女人，肚子胀到奇大，怀孕一般，仰面啃到水上。

陈百年半途遇到暴雨，待到雨歇才到家里，奶奶奇迹般站了起来，好像她从来就没有病。而且，妈妈也回来了。好像这一切都是好事，都该令人欢心。

然而，等待他的却是妈妈的一场葬礼。

陈百年看到他们来了，把摩托车靠墙停好，抓一抓头发，进了门去。那般小杂种，淮安的崽子，还有二犊子，不分青红皂白：“秃头秃头，下雨不留。”陈百年轰散了他们。常贵给他开了门，家里好像租的房子，家具都给清到外场去了。厅堂不小，一说话就有回音，大红蜡烛燃了一半了。他被安置靠后的位置，人群众多，抬首便见空出的中央。乌泱泱的声响乱若杂草。妈妈的尸身湿漉漉顶着肚子，躺在棺椁里，棺材底下浸了好大一片水。陈百年只见到妈妈的侧面，饿是饿不着，顶饱的肚子，却不像真的。奶奶的身体塌进藤椅里，蓖麻子候在墙角，常贵伴在奶奶另一边，忙前顾后。有些人脱了外套，也挨不住热。两个孩子，窜来窜去，不骂人就撂翻了板凳。妇女们凑到一块儿就是一锅大杂烩，拉拉杂杂，管不住嘴，笑作一团一团大花脸。陈百年知不道要做什么，像个外人一样，靠在门边，皱着眉头，站也不是，坐也不是，只好晃晃头颅，想把什么从脑壳子里甩脱去。

院场给太阳一晒，高高的。把好些桌子往当中央一放，提得更高了。天上是高高的蓝，两棵大白杨的高则是有速度的，减速的，越往上越慢。陈百年有些发呆，因为是自家的葬礼，他知不道他是不可以坐下吃饭的，竟然堂而皇之坐下吃饭。他的头趴得低低的，夹一口菜，看一眼堂屋。奶奶的碎步走得忒急，起初几步不免吃力，阳光齐齐切在腰际，她走出来了，砰的一下关门了，惊得陈百年哆嗦了一下。常贵瞅了他一眼，装作茫然的脸，凑近了一簇簌簌彻响的竹林。陈百年知道出了事，就进了屋子。他不知道出了什么事，也不知道该看哪里，就乱看。他的手是扶桌子的，他以为看错了，桌子竟然晃动起来，是奶奶又进来了，陪着很多人。奶奶扶着桌子的另一边，她的身体在打战，把桌子晃得咯噔噔地响。

陈百年终于看着了妈妈。他原想不对啊，妈妈死已经死了。可是妈妈在动。他以为他的眼睛花掉了。他把手从桌子上撤下来，晃晃神，站了稳。他真诚地看到妈妈在动。妈妈穿着硕大的寿衣，这是奶奶给自己准备的，奶奶还没来得及穿上就给妈妈用了，妈妈的命可真好。不是妈妈想动，这可真是奇事，陈百年看到妈妈的肚皮在跳动，扑通扑通，直达妈妈的胸膛。这咄咄怪事再明显不过了，由不得你不信——妈妈死而复生了。可惜啊，妈妈怎就不醒过来，睁开眼瞧瞧这个世界呢？人们纷纷围观，人数多得前所未见。更多的人的脸一抽一抽，喧喧嚷嚷，很是乱了一阵。谁都知不道该怎么办好。人们像是逃亡了许多年，终于停了下来，最初的光鲜和力气滴滴答答往下滴，把身子抖了一抖，才想到大声惊叹，叫声里夹着秘密的欢心。常贵还不忘他的职责，挨个散哈德门，并跟其他人平起平坐，抽烟谈话。他们的交谈亲切、漫长而温和，忘了秋高气爽，蚂蚱变黄。

陈百年离妈妈不远也不近，是一种温和的距离。他绞着双手，知不道该跑该留，他的手指纤尘不染，又软又白，像女人的手，这都是他长年在外上学的缘故。奶奶走进厨房，她从黑暗的门里出来时脸色苍白，她的右手拎的一把菜刀，明晃晃地像躲闪太阳的光。她径直来到妈妈跟前，一只鸡从奶奶的双腿间咕咕地逃，奶奶一下掐住妈妈的脖子，想把妈妈从棺椁里抽走。众人倒抽冷气，谁也不敢上前，奶奶举了菜刀，挥舞要砍。奶奶脚下的鸡，鸡头向上一伸一伸。奶奶再次上前去了，拿刀的手轻快而纯洁，手起刀落，血液喷在她身上。妈妈的头一抽一抽地抽动，妈妈已经死了，她的脑袋给奶奶砍了一刀，头颅还以为自己扛在肩上呢，脖子裂开很大的口子，血口子汩汩冒血，仿佛是血口子挣扎着要活过来。

可是没用，妈妈的肚子还在跳呢，一拱一拱像一只小猪仔。

今天阳光明媚，陈百年的T恤和裤子晾在院场的电线上。有风从天上刮下来，钻进屋里。陈百年的脖子一凉，脑袋猛然低下了一寸，再也抬不起来了。

既然有回魂的希望，就该送到医院啊，谁个受了伤不是送到医院呢，无论死不死。几个胆大的，加上陈百年，七手八脚把妈妈送到县人民医院。医生看到妈妈血刺呼啦，头颅也搁偏了，满身是血。“人已经死了，救不活了，胡闹胡闹。”谁也不敢近前。把个老中医叫来，看到妈妈的肚子太大了，大得异乎寻常，怀疑腹中孩子尚活着。好容易拉来妇科主任医师，剖腹救出一个孩子。把个肚皮一拉，从肚里头蹦出来的，顾不得血水遍布，倒提一侧，啪啪拍打后背，这孩子哇的一声哭出来。这是个女孩，到如今活得好呢，这个女孩便是我。这看起来似乎是一个奇迹，其实开始，妈妈刚刚送归家里，虽全身湿透，却并未死透，全家全则都以为妈妈死了。是妈妈强撑到最后一口气，将我保全。这件事，我无从亲知，都由老辈人没牙的嘴里听来的。至今他们与我说起来，仍然双目闪闪，老泪纵横。好像全赖他们一生积德行善，菩萨显灵，才许我从死人肚里爬出来。

把尸体和我从医院里拉回来，奶奶当即决定，丧事变喜事，要办一桩辉煌的婚礼，把个道喜的众人吓得面如土色，纷纷借口逃了。

是夜，陈百年在灯光下吃完饭，他的头趴得低低的。他喂我吃小米粥，汤从我嘴里流出来，他食指一勾给我抹掉。吃过饭他坐了一会儿，我大哭起来。陈百年找来一个鸡蛋，用圆珠笔给鸡蛋画了两只眼睛，一个嘴巴，那它也吃不进一口粥。半夜他怕我被蚊子咬醒，摇着蒲葵蒲扇轻轻扇动，月亮已爬到窗外池塘的上空，绿得发蒙。我还没睡，陈百年就呼呼睡着了。他的胸口一起一伏，长出一个爸爸来。他的呼噜从头泛到脚，是这个爸爸长出的另一个爸爸。

天还没亮，奶奶喊陈百年起床。门外犬吠好多，他根本睡不着，也不愿醒来，就这么半寐半醒，直到很远的鸡鸣盖过犬吠。鸟鸣乱打树梢头，枝丫发了疯。阵阵晨风窜进来，在陈百年脸上刮个凉。他们先吃饭。因为妈妈没有奶水，陈百年把我吧唧吧唧喂下清晨和米粥。陈百年一咳嗽，奶奶的筷子总是敲敲敲桌子。奶奶又在哼哼唧唧了。陈百年掰开我的嘴巴把汤匙捅进去，汤还是从嘴角淌出来。我吃饱喝足了，舔舔舌头便睡着了。

婚礼始于三声炮响，可惜，比起昨天盛大的葬礼要荒凉许多，没一个人来。村里人都说霉气霉气，村里人也都说奶奶糊涂了，为什么要把陈百年这么一个大好青年，娶个死人做老婆，何况何况，这个老婆非但是个死人，还是他的嫂子。“简直简直道德沦丧，违背伦理，失心疯了。”

然而，奶奶不管不顾，就是全世界人民联合起来反对她，她也非办不可。

陈百年把两响炮一支一支间隔很远摆到墙上，点了烟，就从两头放。很多时候空中还没响起第二次炮声他便点燃另一支的引信。陈百年叼着烟，把小炸变一点一甩。院场里酒席摆放比昨天多了五桌，奶奶佝偻了腰一张一张对齐，她问他："备了多少烟？"陈百年："昨天的哈德门都还没用完。"奶奶说："不够不够。"陈百年说："有这个必要吗？"奶奶瞪他一眼："不但要多，还要贵，要红将军，一人两盒。"奶奶居然借来巨大的录音机放，可在外面，声音都给天空吸走了。婚礼仪式开始，只有陈百年一个，假装牵到妈妈的手，走上前来，夫妻交拜。奶奶坐在椅子里，笑意盈盈，另一张空的椅子坐的该是爷爷吧。我从没见过爷爷，也不知道该不该有爷爷。婚宴怎样才该结束，本就没有人，这般晦气的一场婚礼，谁都不敢轻易来的。桌椅板凳都整整齐齐，到晚上陈百年以为奶奶发了疯，她把凳子、椅子都弄乱了，而且搞翻好些个，也都碗碟乱堆。好一番散席后的热闹景象。

陈百年只是干耗，天色已经很晚，他不知道为什么

《安娜·卡列尼娜》会丢在墙角，就捡起来，不知道该放哪里，只是拿在手里，一屁股坐在门槛，也不进屋。奶奶抓起书本就撕，因为书太厚了，怎么用力也撕不烂。奶奶一气只是撕掉几张书页，扔在地上。奶奶便梗着脖颈："你要我死不是，你要我死不是，那我就死给你看。"奶奶把妈妈从棺椁里抱出来，放到床上。陈百年捡起书页夹在书中，只好跟进屋里来。结婚就结婚，走个过场就罢了，何必这样。奶奶偏不，她把妈妈平躺放好，被褥床单的皱褶也弄平。头颅枕着枕头，盖了一块白布盖头。奶奶硬推陈百年入了西屋的洞房，她搬把椅子坐在中堂看电视。妈妈躺到床上，一动也不敢动。陈百年快熬不住了，妈妈熬得更难受。妈妈呜呜咽咽把陈百年叫到床边。"不来，不来也罢，那你就听着，快点圆房吧，好把事情结束，我也早点死。这样拖拖拉拉，你难受，我也不好过，何苦来哉。"陈百年去趟厕所，回来把书放在窗台，又把白炽灯拉灭了。屋里黑咕隆咚，把他一口吞了。陈百年踽踽前行，嗅到潮湿沉闷而又霉味肆虐的空气，手里的手电筒还亮着，这个时刻来临了，手电的光芒劈开黑暗，收拢如炬，没有拐弯，不像白炽灯四散奔逃，最多在墙角折个痕。这道光与其说像一把剃刀毋宁说更像是被它割破喉咙之后的那道血腥的伤口。这道光在黑暗里发现桌子又抹去桌子发现椅子又抹去椅子发现案台又抹去案台发现沙发又抹去沙发发现电视机又抹去电视机甚至发现烛台又抹去烛台帮他躲开它们。陈百年的步子备显古怪，接着他害怕了，因为他突然撞到了妈妈，照见了妈妈脖颈上的伤口，这是伤口撞上了伤口，亮光照上去，像刺刺啦啦撒了一把盐。陈百年当啷一下，把灯掉了，光也砸灭了。他觉到地震了，屋顶簌簌往下掉。他就摸到沙发和衣躺上睡了，半夜他被奶奶推醒。奶奶老态龙钟的样子，真的快要死了，老死也罢。脸上的斑点斑斑驳驳，脖颈上的皮肤松垂可怕。一头银发亮晶晶的，像披了一层丝绸，丝毫不乱。她盯着陈百年，好像只是关怀陈百年睡得好不好，但是奶奶可怕的样子像鬼一样。嘴里只是平静地喃喃地说："乖啊乖。"陈百年只好乖乖躺到床上去了，可是他不敢动，身边躺着这么一个我的妈妈，他死也睡不着了。他动也不敢动，怕把妈妈吵醒了。半夜里，陈百年越来越清醒。妈妈平躺着，脑袋搁在枕头里，白色的盖头快掉下来了。陈百年背对着妈妈，蜷缩着身子，他的背弓着，结结实实打了一个寒噤。

埋掉妈妈那天有个太阳悬在黄昏的上头，这个晚霞蘸红的村庄活像一具砍掉头颅的躯体。太阳依是照本宣科，从无旁逸，大地平原、河流草树一览无余。睡意也没总夜袭，街上阒无一人，杂草昏沉，杨槐的枝叶乏力地垂着，近乎撑裂的小道炙晒得好似白骨一根，排开两旁的院落，一路走下的人呀，是那个不倒翁，踩出一溜歪歪扭扭的脚印，死命地蹦跶，活似一尾尾甫上岸的鱼儿。出了村才把平原打开来，横至天垂。许是麦种的差异，碧空下的麦田被参差的绿色割得支离破碎，一块又一块的。拐个弯，进来一条卑劣的小径，枯瘦如柴，为一条河拦腰截断。河水污浊，青苔蒙面。有座拱桥像根绳子给河水打个结，缚窄了腰际。拱桥塌了大半，只能蹚水过河，滔滔急流没过膝盖，于胯下哗哗奔腾。发臭的腥味沁进皮肤和血管，由血液循环流经鼻腔熏坏眼睛。攀上岸来是一条更深更宽的土路，也更卑劣。路面尽是深陷的车辙，这一条车辙刚拧坏另一条，又为下一条车辙咬断了。道路左边傍着的是支出来的另一条河，河道偏狭，水流淙淙。有时会从几只绵羊里头蹿出一条狗，吠几声，吓你几吓。陈百年和奶奶约莫走掉一里地，转进一支杂草丛生的小径，这儿的麦田更宽宏大量，麦穗好似浅浅的布施青笼，绵延天际。不远的麦田里间或拱出几只坟墓来，麦子们犹是遭到伏击，几番卧倒不起。你若躺下来，滚烫的阳光兜头浇下，只管眼睛一闭把天拢起来。就是这儿了。陈百年挖出四四方方一座坑，妈妈躺在棺材里，整洁、瘦削的身子早已干瘪，不再蜷缩，终于平整地躺下了，尽管她的肚子上有一个大口子再也合不上了——如今她的身子像一把折刀，只有合拢时方才放松，现在平躺反倒呈现一种剑拔弩张的紧迫姿态。妈妈的身体瘦骨嶙峋了，一言不发，钢青着脸。妈妈太瘦了，几乎不像话，像是被人洗劫了肉体。陈百年不算辱没了门楣，奶奶也有了交代。

这时候，夕阳半含。太阳一举掉进去半个，好似猛然下了跪。开了膛的天拉开一摞又一摞云肠，鳞次蜂排一般，总有溢彩流光一杆杆捅透好些个天窟窿。打眼望去好似彩霞啄西天。当金星眨巴第一下，黑夜终是吞尽了最后的霞光，直似群鸦打凤。几乎同时，黑夜一下子从陈百年的头顶灌下，一撸到底，楔进地里头去了。陈百年身上骤然发凉，这天庭是新月一钩，犹若睡眼乜斜，若要待到将近满月，又似酥胸半露，潺潺水流好似奶香盈口。然后天就下雨了，也不大，天空灰滋滋的，瘦风细雨，不急不缓的调子像一点也不想下了。

陈百年离开的头一天夜晚雨下得偷偷摸摸便大了。陈百年一夜未睡，天色还未发白，雨一直下。陈百年实在没事可干，就四下里看了又看，窗台上的书是不是可以翻翻？书里夹着的撕掉的那几页，很不合时宜地支棱着，像是别的书的书页。既然看书看不下去，抽出其中一张玩一玩，兴许是个办法。叠什么呢？纸船？最终，陈百年只是想要尝试几次就耗光了力气似的，动也未动。只在脑海里无谓地试了一遍，他庆幸还没忘记叠纸船的方法。陈百年就深感不安，雨声幢幢，是谁的脚步声拨开了雨帘的一条缝。他起身拉亮灯泡，灯泡的亮度给他壮了胆，他又和衣躺下，因为下雨，竟然有些冷了。他从门缝望出去，没有人。门突然打开了，他来不及害怕，就惊呼了一声，可雨水太大了。一只手一下揪住他，这只手皱缩、黝黑，像一截湿漉漉的枯枝，紧紧地攥着，似乎要将他一把拽出去。她一进来他就看到她衣裳湿透、脸上头发上尽是水珠，双眼睁着，这份相貌就是她的儿子，她的陈百年，那张湿答答的脸上容不得任何水分，浮着的水珠像漂在水面上的油珠。陈百年瞧着奶奶，也不答话，牙关紧咬。陈百年说：“这天真够呛。”奶奶不答话，床边像一匹老马那样坐着。

陈百年的背到底有点驼，脸色阴沉，收割行经之地的所属阳光犹是留下一地麦茬。他来到床边坐下，荡着灰不溜秋的两条腿。这个雨后的凌晨，清脆、迤逦，是个媚骨难训的风流娘儿们。陈百年说：“娘，你说实话家里到底有没有被盗，你还报了警了，丢了啥了？丢了人啊丢了人。”

“黑布有十匹，白布也十匹。”奶奶说。

“警察什么时候来？”陈百年说。

“就在今天。”奶奶说。

“今天来不了，是明天。”陈百年说。

“你是咋个知道的？”奶奶说。

“所长要我捎话给你。”陈百年说。

“是吗？”奶奶说。

“他还说，今天派出所临时要训话。”陈百年说。

“好的，”奶奶说，“我知道了。”

“我走了。”陈百年说。

“你去哪儿哈？”奶奶问。

“去跟所长交代交代。”陈百年说。

“等一哈，”奶奶开了口，“吃过饭再走吧。”

“不吃了，我不饿。”陈百年说。

“还有件事麻烦你，”奶奶说，“关于这事我有个话麻烦你给所长捎回去。”

“哪个话？”陈百年说。

“你跟他说，要他后天再来，明天我很忙。”

陈百年的脸瘫着，不但没表情，甚至连五官也懒得有。

“家里根本没什么白布黑布，你就说你想干啥。”陈百年说。

“他们又不发给死人结婚证，我就是想啊政府来一趟，给做个见证。”奶奶把我从床上抱起来，交给陈百年。我躲在襁褓里哼唧。奶奶义正词严地教我说话，她说：“乖，叫爸爸。”我哪里会说话，干瞪着眼睛。陈百年很难为情。“娘，你这是干什么？”奶奶说：“你跟她妈婚也结了，可不能做个忘恩负义之人，不然，不但她妈死了不放过你，我也不放过你。以后她就是你的女儿，亲女儿。”陈百年不说话了。奶奶说：“你把她带走吧，要好好待她。我是要死的人了，你还得活着。别嫌我晦气，我就要死了，以后再也烦不着你了。”

“娘啊，那也用不着报警吧，见过报警叫警察抓人的，没见过报警求人警察办事的。”陈百年头发湿漉漉滴着水，叹了口气，“无论怎样，叫她个什么名字呢？”

奶奶说：“是啊……”奶奶嘟嘟囔囔：“叫她个什么名字好呢？”明明奶奶口齿伶俐，牙口也好，牛肉也嚼得烂，偏偏话也说不清楚了。说话的声音，几若蚊嘤，陈百年只能听得头一个字和末一个字，好似奶奶在说：“叫个什么名字好呢……”陈百年眉头略蹙，瞥一眼奶奶，说：“娘，你说什么呢？”奶奶双颊凹陷、耳大若驴，发着高烧，枯瘦的身子像一条干毛巾搭在椅子上，好像死了。陈百年焦急万分，就在桌边走来走去。他觉着脚下的大地很不稳固，每一步都有踩在水上的错觉。他老是甩一甩头，好像他脚下踩的不是水，而是一只踩扁的纸船。离桌子很远的窗台依然放着破损的《安娜·卡列尼娜》，也许出于责任，陈百年就把书放到桌子上，并且试图抚平卷页。而桌子干裂的木板像干枯、龟裂的大地，张着口子，渴望下雨一样。就在桌子与窗台之间，很大的空地上，斜斜摆放的另一把椅子上，搭着同样干枯的毛巾。陈百年从这把椅子上拿来毛巾，用冷水湿透了毛巾，绞干，再湿透一回，绞到半干，敷在奶奶的额头。每次敷一敷，都要把奶奶的帽子往上扶一扶，以防盖住额头，也以防掉下去。每到毛巾干透，陈百年再次湿了一湿，不但水泥地上滴了水，桌上的《安娜·卡列尼娜》也不幸滴了不少水珠，很快就渗了进去。窗外的雨声，还有陈百年还有我像是繁茂的野草肆意攀爬。奶奶该是温顺了吧，脑袋歪在一边，她把帽子像戴帽子那样戴了一下，戴了又戴，浑身打着战。她蜷在椅子里看我一眼，像一只形销骨立的狗舔了我一口。她由口袋里摸出个小小青蛙。奶奶再次看我一眼，好像一下子老去了，看我之前奶奶看了又看桌上那本书，奶奶知晓这是陈百年带来的书，奶奶不识得这是什么书，因为奶奶不识字，奶奶连自己的名字也不识。奶奶忘了自己是谁，也忘了自己的名字。奶奶说："该叫她个什么名字好呢？"陈百年绞干了毛巾，好像也看到了托翁的这本书，陈百年虽然还没看完这本书（他不知道，他这辈子也看不完这本书了），他是因为这书名才买来这本书的，他觉着这本书的名字真好啊。

安娜这个名字真叫人安心呢。

序章二　教义

我种菩提树，

你结无花果。

有情我不语，

谁在染红罗？

——教义

我二十有三这年，被我爸送到曹县第一中学复读。我家累世务农，爷爷不识字，爸爸也不识字，没准是遗传，爸爸发誓就是饿死也要供我上学。他信守诺言，我却是扶不起的阿斗。作为学生，我不但吃饱了饭，也吃过不少拳头，却从没尝过女人的滋味。我做过好多梦，梦见好多女人，直到被陈安娜激发了爱欲，染上单相思，并且开始梦遗。每晚我都没完没了地重拾旧梦，终日魂不守舍，饱受折磨。她漂亮、端庄，两腿修长，也许从不为坐马桶而难堪，甚至，大概连坐马桶的屁股都没有。她住在离我不远的石蛤蟆街，路上我为每天能多接近她一尺而高兴，未出仨月，于一个月夜的拐角，我抄近道撵上她，拿安全做幌，要送她回家。安娜拒绝了，因为年轻，我三天后才察知她的真实意图。每晚我以正义的名义送她，柏油路仿佛也因为单向行驶车辆的过载起了皱，像件扣错了纽扣的衣服，恶向胆边生，我们既然从未遇见一个坏人，定会遭逢恶狗。彼时，我们已经并辔而行，我以为我们即使没同心同德也相差无几。后来，我知道我并没走近安娜半步。

七天前的夜晚，我与安娜相伴而行，半道杀出一匹恶狗。时值晚十点，我们走在阒无一人的柏油路上，只有路灯罩下薄薄雾气。月亮有时悬在上空，有时又潜在水底。茫茫大地附着一层朦胧的青光，像盖了一场梦。快到安娜家时我比往常停得早，目送她上了楼。我刚停下，路灯趁机把我从头到脚捅个透，有匹黑狗于暗中虎视眈眈，两只眼睛磷火似的闪动。它倏忽临近，咻咻喘息犹若饿狼。不久，又蹿来一匹黑狗。再不久，便是一群狗伸出舌头，咻咻地喘着。对峙没多长，先是一口犬吠扑过来，别的犬吠也跟上。坐地而起的犬吠犹如蝙蝠在狗群头顶扑打，我以为它们在交流。我面如槁灰，只见一匹大狗蹿上来作了大恶似的咬我一口。我啊呀一声，拔腿就跑，一面跑一面喊，一头与人撞个满怀。这人脑袋停在膝盖上，从乌云背后爬起来。“你是哪个？”我的声音透着那些狗狂叫的疯味。“我是安娜。”她说。“你怎下来了？”我问。“听到你喊我。”她说。“我没喊你。”我说。她慢腾腾上了楼，待到楼门她转身说：“你早点回去。”待三楼窗户的灯亮了，也仿佛拉亮我心门。安娜已安全到家，我还得越狗穿行。我才不怕它们呢，我怕安娜——那时我尚站在路灯下，瞧着安娜走远，值当此刻我才知道，自我送安娜起，我并没离她更近。安娜每走一步，我再给她一步，安娜走的是两步，她愈走离我也愈远，直送她到千里之外，无论我走多长都停在原处，一步未取。

我们同行不过仨月，安娜离我已有半年远。今天安娜没上学，我不知道安娜出事了，全班人无不发出毫不相关的惋惜，女生们出于格外的同情，因为一棵棵萝卜拔了坑，男生们出于略小于自己的愤恨，因为一根根竹笋破了土。我迟到了，校园里寂然无声、枯燥乏味，光溜溜不见人迹，唯有一把椅子摆在偌大楼前，好似停下一匹驼背的蜥蜴。拐角转来机器猫的身影，他站那儿盯住椅子，踢了四下椅子腿才走。两只麻雀落在椅子上，蹦蹦跳跳。路过椅子，我突然被椅子鲜明的绿色咬了一下。黄鹤正在廊下追鹅，大白鹅嘎嘎嘎叫唤。透过窗户我看到黄韬在讲课，我从后门溜进教室，坐下没多久铃声便响了。课间十分钟，女生们议论纷纷，仿佛禁欲多年的寡妇。她们在议论陈安娜。先是张莹莹，言及所至，毫不忌讳。接着是第二个。然后是张晓丹。还有第五个。她们围成一团，兴致勃然。要不是第七个，男生们绝不开口，纵使上课也不停下。寒风撞击窗户。同学们还在谈论陈安娜。他们平素不这样。先前他们从不轻言开口，他们是字话构筑的身体，甚是珍贵说话。一旦说话也害怕掏心掏肺，一口一口挖空血肉，若把话说完了，胸腔里便只剩空空荡荡的回音，届时，死期也到了。这回他们是话匣子，叨个不休。因为这些话不是他们的，是从安娜身上啄来的。他们每说出一字，便是割下安娜的一小块肉。他们叽叽喳喳，把安娜分而嚼之，一人咬下一小块安娜，血刺呼啦地，叽叽咕咕。我听不见他们在说安娜什么，尽管我看得到，现在我终于看到安娜的座位上空空荡荡，也看到他们说："陈安娜被人强奸了。"说这话时，他们——这群男女，闻起来都他妈像条老处女的裤子。

真是隔墙有耳，祸从口出，这事传了恁多天，不但毁了安娜，也几乎败坏了学校的名誉。出事那晚，没任何征兆，隔了好几天我才知道。那些天，太阳高照，雪几乎全化掉了，雪愈化愈少，人言更畏。我不是最后一个知道的，也不是听来的。那天中午课上，有人挨个传一张字条，传到我这儿让我给终结了，我不知道到谁传的，也不知道传给谁的，字条上写："你强奸了陈安娜。"

我以为我会愤怒或难过，起码得妒恨一下。我只是怕，怕得浑身发抖，我以为我强奸了陈安娜。我冥思苦想，总记不起那晚我干了什么。有如下猜测：

1. 如果那晚我送安娜回了家，这个恶人很可能是我，因为我有机可乘；

2. 如果那晚我没送安娜回家，这个恶人也可能是我，因为我规避现场。

无论哪种我都逃不掉。都怪我贪杯误事，此前，我滴酒未沾，也从不近女色。现在有人强迫了陈安娜，这人很可能是我。我焦躁难耐，既想是我又怕是我。全班人无不知道我喜欢陈安娜，更知道我晚上送陈安娜回家。思想至此，确乎真是我干的了。我竟干出这等腌臜事来，我怕坏了，因为我看到了快乐。我还从没这么怕过，此前，我最怕的只是狗——安娜从来都知晓。为此我抬头去望安娜空空的座位，我想现在就跑去亲吻她的凳子，仿佛她昨天的屁股还停在这张发烫的凳子上。

安娜是读书种子，我却没天分，背书更糊涂。好容易记下全篇，一紧张又丢了。黄韬抽查这天我茫茫然瞪眼，牙口紧咬，生怕叫到我名字。不是我，好险。又一轮，还不是。脑壳儿哄哄乱炖。砰砰砰，三响。我被我的名字击穿三回，双腿登时一软，差点折了命。不是黄韬，门口横来两个陌生人，阳光太盛，看不到他们的脸。走出大远，黄韬趿拉着人字拖追上来，塞给我语文课本，要我别忘了课程，回来抽查。这个索命的阎王，一转身头发照旧乱糟糟，招来鸟儿做窝。出了校门，我还能听到王显背诵方麒生的《黄鹤亭集序》，滚瓜烂熟，一字不歇。真个声声脆耳，不信你听：

生少年意气，半身青云志，甲子终未成。亭台望远，平原草树，盖地兮千里，大河滔滔，冉冉光华休。枝头焚火，烟光凿天，恍然移来一丘。俯瞰四夷八荒，进一日则盛，退一日则消。云来天低树，云去一柱天。挨阳光，折树影，柳蝉跟头鸣。焚蓊薆，斫苍翠，一蓑烟草过胡刀。

春交夏替，道狭草莽，路阻脚颠暮茫茫。雾浓影浅，濯灌江河；船过千江水，千水洗千月。清风骀荡，翠山乱跌万片。天昏狗月斜，杀尽水上明。大地憋渴不住，俄成一片，满弓似刀。屋后暗巷，勾勒云象；遥看出月挂明，近听卧风切竹。瓦檐薄木破细风，庭院处处满蒿草。一卷风雨约枝头，叶叶切落滴水。山风水云皆无本，行走影高假为空。是此，心门撬棒，时是一也。

是年荒冢，寒雪封天。大地川脉千里难平，长天阔地巨野茫茫。黄鹤亭望，严水锁浪。三尺冰冻泠光远，两头尽望平江雪。无所见鸟飞、兽下耳，亦无人焉。凭栏莫望长江水，几番王侯空悠悠。而天地之远，死生之理，亦我心悲凉。蔽云催日，累累白骨粉似雪，枯藤摇落轻松里。

瞻顾四方，蹙蹙靡所骋，途穷能无恸也？吾生也晚，他念共起。生贪生嗔生痴，心则种种法生。七尺短命，三生长梦。相应共明，故常在涅。妄入涅者而为涅所滞，滞生痴痴生癫癫仆将灭。旦见青天落白日，日日流矢夜夜不宁。待到周遭无痕迹，日月星辰得归位，是时也。历尽长狭，云跌山撞路无休；喧声隆隆，山城昭昭掇万象。

他们一路带我到审讯室，将朗朗书声关在门外。屋里黑黢黢的，隔上半小时头顶才有灯罩箍下一片光。我才不怕，学校停过那么多回电我都不怕，哪一回教室里不是黑洞洞的？唯有一回我不在，李富强还在，尽管没啥可讲的，那天晚自习刚起头便停了电，像是抠掉了八十九节硕大的电池，学校八十九间教室齐齐断黑，连个月亮都没有。我们三班的教室填满了今晚，前头二班填进的是昨晚，后头四班填进的是明晚，按此演算，八十九个夜晚四四方方一大块挨个装填进恁多教室里，整整三个月，没一晚逃得掉。黑夜是个刽子手，一举把我们活埋，似乎每晚都将整个大地掀了进来。同学们透不过气，想喊喊不出，一张嘴，全是黑东西，一口口的黑咕隆咚，啥也透不出。好些个同学不慌不忙，拿出蜡烛点上，一根根蜡烛跳动的光芒犹是一只只打洞的仓鼠。于我则不然，我比谁都知道，一个个烛火仿佛拼命拽出来的眼球，火辣辣地烧，火辣辣地看这世间，不疼，不疼，一点都不疼，我什么都不想，也不看，真的，我只想从这火窟窿里逃出一条命来。李富强假装好学生，也是坐不住，直到给一束强光罩住，不敢稍动。这一通手电的光柱，刺得他啥也看不见。李富强摸出一面圆镜把光柱堵回去，他看到他的脸，于是，他知道时候到了，便调整角度，硬生生把光柱掰折，直往上撂，像是扣住马辔头，把马人立了起来。几番调试，他终把光柱撅到教室的前头，黑板上便挂了个圆圆的月亮。李富强就黑悄悄退到门外，看到皮猴拿的手电筒像个硕大的注射器，给教室注入一管光芒。手电的光柱太过锋锐，非但一路拉开黑暗，烛光也哆嗦一下给烫开了，使得黑暗更暗，烛光更浊了。即便如此，教室还是活泛过来。皮猴一关电门，光芒倏忽灭掉，教室好像一下子掉下去了——那阴曹地府呀。皮猴先把李富强带过去，回三桐台球室找火机时又把我带进小树林。未几，我们向巷口进发，皮猴一路反复摁电门，手电的光芒一路闪烁，一跳一跳像只饿不死的瞎家雀。照武松安排，我们都潜在暗处。老桩和皮猴散在两边，我心头疑虑，跟在武松后头，像他的影子。前头猫声乱喵，皮猴的手电乱闪。

武松说："别再玩手电了。"

皮猴说："我没玩，电压不稳。"

武松说："关掉它。"

皮猴说："电门坏了，关不掉。"

武松说："抠掉电池。"

皮猴说："手电是充电型的，抠不掉。"

武松说："堵住它。"

皮猴说："拿啥堵？"

武松说："嘎嘎，肚子。"

皮猴拿肚子堵住手电，喏喏地说："来了。"

于是，我们一哄而上，杀伐之声顿起。嗣后，我们踩着繁星，大胜而回。给我们兴奋得呀筛糠似的发抖。李富强散了架似的说："美得很美得很。"皮猴楞把手电冲天照，云散霁开，竟映出一轮圆月来。手电还在一闪一闪地破开夜空，这时手电不再是那支硕大的注射器了，而是一管枪，每闪烁一回便打出一颗子弹，每击中一回黑夜也哆嗦一回，每回我都以为整个夜空要掉下来。快看，噗噗噗，枪声跟光速一样快。

审讯室的闪烁同话声一般大。甫一进来，啥都看不见，隔上半小时头顶有个灯罩箍下一小包光来。灯芒乍明，嗞嗞作响，不太稳当，仿佛信号不好的电视画面，一抽一抽地抽了几道丝，把人都给拧歪了。好容易稳当了，又即刻灭掉。没几回，白炽灯便正式一闪一闪，频率稳定。我们也随之存在与消失，仿佛是对我们的存在不太自信似的。嗣后，同学们问我他们找我做什么。我说他们只是给我套了件黑白条纹的囚服。他们以礼相待，客客气气，让我坐进椅子里。头一个人讲起话来瓮声瓮气，第二个从不开口。我只能看到他们半张脸，灯罩的界沿在他们嘴巴以上给出分野，上半截头颅给砍去了。我看得到他的嘴巴，他在说话。他张嘴和闪光的频率一致，也因此，我始终看到他张大嘴，看到他的牙齿，雪白的牙齿熠熠发光，一眨一眨的眼睛一样在说话。这个布满牙齿的独眼怪盯住我不放。我真想跃桌过去，掰开他的嘴，敲碎牙齿，拨开舌头，逃出这牢笼。屋子里一闪一闪，有什么在争斗。他在审讯我。我们一问一答，有条不紊。因了闪烁，很不同的是，我们的问答不是一句一句，而是剁碎了，一字一字的。他每问一个字，四四方方亮一次，这个字有屋子这么大，这字是白的。我便回一个字，四四方方夜一次，这个字也有屋子这么大，这字是黑的。他的字在呼吸，我的字亦是，两股呼吸是为互补。这天夜里，他生于白，我活于黑；我们阴阳两隔，唯有一字撂地之响通灵。审讯笔录，照抄如下。

他说："坐好，别动，这椅子是大了点，别老咣当。

你喝水吗。不喝？我得喝，老毛病喽，没办法，年轻那阵儿落的根。你猜怎么着？还老忘事儿，就刚才，我在外头转来转去咋都找不着杯子，就我那个白瓷杯子，还有刻边，老婆走了，闺女哩比你还大，更难管了，结婚那阵只剩这么个物件了，嘀，游龙戏凤。我能想出它的大小，它的模样，甚至纤毫毕现了，喏，就这个，就是找不着它。我转悠了好几圈，每个房间翻得像个外翻的裤兜。可就是找不着，我的那个白瓷杯子呀。窗外寒风呼呼，我被冬天冻坏了。我得喝水呀。我不得不去找勺子，舀水喝，跟畜生一屌样。我一眼就瞅见了我的勺子，那个白瓷的镶有蓝边的硕大的勺子，这勺子太大了，搁在我的白瓷杯子里把杯子搞得又矮又矬，使它看上去像个委屈的孩子。你也是个孩子，我知道你怕。”

我说：“我不怕。”

他说：“你想过没有，半夜跟踪一个女孩，她不怕吗？”

我说：“我没跟踪她，我是在送她，就为不叫她怕。”

他说：“那天晚上，跟踪她以后你干了啥？”

我说：“我都说了，我是送她，不是跟踪。”

他说：“住嘴，我们问什么，你就答什么。”

我说："想不起了，喝了太多酒，头疼得厉害，想不起了，连送没送她也想不起了。"

他说："你想得起什么？"

我说："那晚以外的很多事。"

他说："你有强奸她的想法？"

我说："有，没有，没有，但是想，不，不想不想。"

他说："你想过没有，是不是酒精给你壮了胆。"

我说："没有，酒精只会软我的骨头，每回喝酒，我的骨头都酸得要命，给醋泡过一样。"

他说："喝酒好受吗？"

我说："不好受。"

他说："想回家？"

我说："想。"

他说："想回家，就得想想那天晚上你干了什么。"

早在审讯之初，我便和盘托出。他们偏不信，要我招供。我拼命回想那晚，只能胡编乱造，好歹拼出来。我越想越空，越不想越真实，真实得其他地方都像假货，仿佛我以怀疑为注换取了那晚的真相，真相只有面包那么大，我却吐不出。我说得愈多，愈说不出口，憋得不能呼吸，定是说了太多废话抢光了我的氧气。我低了头，不敢看这个世界，打个哈欠，准备统统吐出来。我下定决心了，不再犹豫。是我是我是我，把我抓起来吧，我都承认，是我是我都是我。然而，他们没给我机会。我的全部供状只剩四个字：“我想喝水。”没隔几天，他们再次把我传讯，我这才一字未落地背诵课文一般全盘吐口。那夜之原委，且听道来——

那天打架到天黑，喝酒至雪停。我佝偻着身子回到教室，头疼欲裂。武松回去了，李富强也回去了。我收到安娜的纸条，还是坚持到底。夜晚和下雪让世界掉了色，不是黑便是白。我和安娜走进夜晚的森林，踩着厚厚的积雪。蒙蒙的路灯隔一截便挖个坑给我们掉进去。安娜问：“你今天为啥喝酒？”我说：“因为我们打了仗。”她问：“胜仗？”我说：“哪个都没胜。”她问：“头一回？”我问：“打仗？”她说：“喝酒。”我说：“都是。”她问：“你欢喜打仗？”我说：“跟打仗比我欢喜喝酒，但我不欢喜喝酒。”她问：“那你欢喜什么？”我说：“我……我……”她问：“你欢喜我？”我说：“不欢喜。”她问：“你不欢喜我？”我说：“欢喜。”她说：“那你刚才说‘不’欢喜。”我说：“我说‘不’欢喜，跟武松说‘不’欢喜一个道理。”于是我讲起“不”的来龙去脉。干仗以后我们所有人喝得四仰八叉，只武松和白娘娘屹立不倒。他们你搂我抱，舌头打结。我坐在一旁数酒瓶，困意绵绵。白娘娘问武松：“你到底能喝多少？”武松伸出一个手指头。白娘娘问：“一扎？一捆？一箱？”武松摇摇头，眯缝了眼说：“一直喝。”白娘娘掂来一瓶酒，像拎一匹可怜的狗崽子。白娘娘问：“你欢喜喝酒？”武松说：“不欢喜。”白娘娘问：“你不欢喜喝酒？”武松说：“欢喜。”白娘娘说：“那你刚才说‘不’欢喜。”武松说：“只今天不欢喜。”白娘娘说：“今天的酒不好吗？”武松说：“酒好，是我不够好。”白娘娘说：“还剩一瓶酒，干了它。”我们就此罢酒散席。安娜直勾勾地盯住我，哼了一声问我：“你欢喜我有几瓶？”我说：“每人的欢喜只一瓶。”安娜说：“一瓶子不满，半瓶子咣当。”我问：“你说什么？”安娜说：“我爸对我很严厉，不准我谈恋爱。由小到大，凡事做不好他便斥骂——一瓶子不满，半瓶子咣当。我是他经营得法的女儿，他是我照本宣科的爸爸。七岁那年，我还没椅子高，贪嘴翻零食，不慎打翻他珍藏经年的红酒，一滴也不剩，当场吓哭了。几番躲在巷底抹眼泪。小明问我咋的了。小明是哪个？就小明咯，哪个屁股后头没跟过个把小明咯。我便跟他讲喽。他要我把酒瓶给他，扭头便走。不消多久，他抱来半瓶酒，这酒红得刺鼻。真是一瓶子不满，半瓶子咣当。当晚我挨了一顿好打，小明也被吊上横梁挨鞭笞。我俩的挨打各不相干，我是因为洒了一瓶昂贵的红酒，小明则是因为杀了两只新买的兔子，两片刀，一刀划开一管喉咙。你瞧，小明给我的欢喜才半瓶，连一瓶都不够。你瓶子里有多少？我看不到。”我沮丧地说：“我没兔子。”她问：“要不要看兔子？”我问：“兔子还活着？”她又哼一声说：“活着。”安娜掉头便跑，跑得力怯。我纵身追去，我们孤零零的犹似掉队的散兵游勇。即刻到家之际她拐进一条窄巷子，巷子里空空荡荡。就着灯光我看到安娜掏出一双大白兔扑棱棱跳出来。安娜解开纽扣，扒开胸脯，掉出两只泛潮的乳房。隆起的胸部不但褪去了衣裳，连四下的皮肉也臣服趴下。人们常说：娘儿们要是没一把好乳，就像深山没有寺庙。此刻，我同意万分。这双好乳就此进入我的眼帘，比大海还幅员辽阔。我笔直地站那儿，燥火焚身，逡巡四方，求路灯帮我看吧。她咯咯笑起来。我之所见更乎波澜壮阔了。月色洗练，夜晚的冷气一如驯良的花豹踏着细碎的步子。一双红色攀上她的那对乳房，并不因为寒冷而瑟瑟，反是突然发胀，在这雪夜，在这黑白的世间，这红又腥又鲜，一下子炸开来，几乎轰瞎了我的眼睛。安娜站在两个路灯之间，投下一左一右两扇影子，每个影子下头都有一团洇红要拱破地皮了。到这会儿你们已听取不下一千五百字，好似将一千五百头野兽关进一千五百个笼子，统统驯良不安。我垂下脑袋，一声不响。安娜就此别过，着急上楼，我一个人被留在了地上。她每登上一阶楼梯，我便深陷一寸。夜里十点前我才到家，一路上街灯明亮，不少人丁现形，积雪截去了行人的双脚，大雾又砍去他们的头颅，我拖着疲乏的身子摸瞎，又因步履匆匆，我被一顶草帽绊倒，訇然跌地，掀起帽子，扒开积雪，栽种一般冒出一只左耳朵，又刨坑栽下一只右耳，两只耳朵一只黑一只白，嗡嗡直响，乃是谛听收进世间音色。好容易刨个大坑，却被雪层齐齐锯掉，宛若升起一颗狗头，沉下一具黑狗。但见一口犬吠埋在大张的冰封的狗嘴里。两只狗眼被人剜去，一丝红也不见，血早漏尽了，直当我看到这双深不见底的黑窟窿之须臾这匹大狗才骤然死去。天冷得可怕，这匹黑狗被冻得铁硬，湿漉漉的狗毛已成冰凌，仿佛一尊玻璃狗。我回到森然、阴冷的房间，躺床上辗转反侧，闭上眼睛看到一双黑窟窿呀。化学老师说："黑色提炼自尸体或灰烬。"不知道真假。寒风在屋顶上跳跃，清冽辣喉。远近时有犬乱吠。我喝了太多酒，血火焚身，关节酸疼。黑狗那双瞎眼撞击墙壁，几乎撞破两扇窗户，直逼我床。我掀开被子，拉开灯绳。房间的颜色顺着灯光淌下来，两扇窗户洞若深渊。即便那狗看得见也白搭，生物老师说："狗的眼睛里世界只有黑、白两色。"我跳下床，赤脚跨出门槛，门外杳无人迹，华北平原的黑夜好似一件空空荡荡的牛仔裤，高挂天际，脸前是一条裤腿，脑后是另一条腿。我关好门窗，拉灭灯盏，重新上床，又是一阵酸疼。我圆睁了两眼，狗的一双黑窟窿卷土重来，直压上来。好似把死尸跟活人绑一块儿，胸贴胸，嘴对嘴，直到死亡洇透活人的身体。它盲了，也快把我染瞎了。醒来已是夜半十二点，我撕下一页日历，出门望步。我回来的步子排成一溜。我一脚踩进一个脚印逆着走出去。走出好远，浓重、广袤的夜色才停一下，黑狗像盏灯那样亮闪闪地死在那儿。我捡起那顶帽子戴好，抬了头，月头照亮前途，寒风劲吹，我径直来到安娜窗下，大地落在我后头。三楼的窗户飘出最后一缕光，黑下来，今天端好见证了窗户闭眼。以往每夜十二点一过，我撕下一页日历，奔到她窗下驻足，窗户或明或暗。这些夜晚便是撕下的日历，给这些日历翻页，窗户便冲我眨眼、说话了。我的心怦怦乱跳，被近视搞得战栗不已，我扭开头，拔脚便跑，一路奔回我的房间，躺回自己身体里，数着天窗漏进来的星星，辗转反侧。翌日一早我去上学，昨晚那条狗不见了，拐个弯才重新遭遇，它向前挪了十步远。此后经天，我日日遭逢这匹狗，它尚未解冻。这不，我又撞上它，它尚没解冻，仿佛震动了一下，直挺挺地沉在雪地里，像在行乞。待到春江水暖、燕还衔泥，大地开始发臭，人们陷进陈腐的泥沼，这只狗也仅剩下头半截了，耳朵耷拉下来，上半截打狗身上一道一道地向外软化、流淌。雪地变湿、变薄，其他三十只玻璃狗也逐个冒泡、浮现。金光灿灿那天，我似乎听到三十一声狗叫，被寒冰埋在狗嘴的狗叫。阳光正向狗嘴和四只腿烫去，很多部分的狗，滴滴答答落下来。最后一声狗叫叫出去，狗们烂泥一样轰然垮塌，咕咚一下没入发酸、发臭、发软的大地。大地闷哼一声，我看到狗叫都是红色的，仿佛遭受安娜之殃染了色。

以上三千言，全都盘在我脑子里，未及招认，便给我放了。甫一出门，一双充血的眼睛死盯住我，肌肤好似遭到爆栗，噔噔噔，倒退三步。我遭俘一般跟我爸回了家。我爸关我两天禁闭，第三天，吊我于房梁，拽出皮带。他的裤子秃噜下来，抽出两根大白葱一般的腿，掀出蔫不拉唧的阳具，和卷曲的屌毛。他一边抽，一边骂："花钱送你去上学，你却给我搞爱情。"还有其他骂娘的话，恕我不能一一述明。他抽我未到二十下，我娘扑上来，皮带抽在娘背上。她一边哭，一边给我松绑。我爸的眼睛在门外闪光。回校那天我爸坚持送我，他坐上公交车返家前，我看到我爸的脊背轰然塌了，被个死人压塌的。

我找不到武松，出租屋没有，学校也没有，所有事情都归咎了他。还未到教室我便听到两桩事。头一桩，武松进了公安局；第二桩，武松强奸了陈安娜。这委实是一桩，我不知道为啥要掰成两个。说来也是安娜救了我，审我当天，安娜指证了武松，我当天释了放，武松却逃了。第三天晨曦初上武松才被捉。谣传他那晚提了把刀子要杀人。我才不信哩，淫贼都没种，杀人才带种。武松确有把刀子，除了李富强，没哪个见过。武松逃进郊外的灯笼庙，藏在佛后三昼夜后，面壁思考，武松须发疯长，瞧一眼释迦脖颈上的一道细细的红线，仿佛来刹剃度一般，出门直奔家，被蹲伏的公安捉个正着。我们曾问他三天里干吗了，他如刀般一概雪藏，哈哈一笑，说："快吃，快吃。"吃猪肉，吃狗屎？武松逃亡的三天，搅翻了整个县城。武松后来说，他顶厌恶这三天，跟厌恶那翘课的三天一个样。那当儿我们翘课有三天，重新回到教室，没一人看见我们的空缺或归来，便是黄韬也无从察知，起码的责罚都没有，学校的地球照样转，我们为此而沮丧。尔后，我们失了逃课的兴致。打那时起，我又每天早起晚归，还几度绕道叫醒武松一当儿去上学。每回他起床，我都在他屋里瞎溜达。一大早，武松的衣裳穿翻好几回，我指正了他，他以为我笑话他。我说："我小时候也经常穿翻了衣裳，我爷爷告我说人分两种，衣裳正穿的和衣裳外翻的，正穿的不必说，外翻的衣裳糙面向外，颜色还有点深，左手跳到右手上。”

“人不是西瓜，你不能拉开两半，辨别红瓤和白瓤。”武松说。

“不能，”我说，“我们没刀子。”

“快吃，快吃。”武松说。

“吃啥子？”我心自纳罕。

“吃西瓜。”武松说。

“哪来的西瓜？”我问。

“没西瓜，便没刀子。”武松摁下我的肩膀，“我知道你要问啥子，偏不说，嘎嘎。”

我未可置否。武松站在门槛上，他的脸一半被阳光透亮，一半留在暗影里，仿佛一刀拉开的西瓜，一半红瓤，一半白瓤。

“这世道乱得不能再乱，我大姥爷被韩复榘撵回家，远不安生，再起一票人马照是一方匪首。那当儿不比先前，国民党、日本子和响马轮番蹚进来，走了一拨儿来一拨儿，麦子似的一茬接一茬，趟趟给人薅净了。他们远涉而来，不像庄稼汉的麻布粗衣，人们从军服辨认是哪家军，无论哪一拨，一方方行军的不是人不是马不是兵，是一块块无声的墓碑，这些该死的墓碑，成群结队，哗啦啦向前进。大姥爷揆情度事给杨得志收了编。定陶一战杨得志撤军豫北，大姥爷奉命潜守。没消多久，大姥爷接了县大队的令要捉日本子的舌头。大姥爷埋伏苞谷地一昼夜，掳个掉队的日本子。技艺不长，杀人有亮。大姥爷却给日本子发现了，但见苞谷有人高，一片灰黄，森然欲搏人。哪儿摇穗儿打哪儿，好几响‘巴勾’，大姥爷收掉一身汗，挟着‘舌头’逃了。这‘舌头’腰里别个日本刀，机制刀，深得大姥爷欢心，于是，按刀留下来，人给交上去。大姥爷把刀掖进腰里，走路好似蹦蚂蚱，腰杆儿倍直。他们问：‘腰咋了？’大姥爷说：‘撅着了。’他们喊一声‘王屎橛’，跑马笑。嗣后，日本子察知大姥爷这股匪共，趁夜端了窝。大姥爷城府，从不与队伍共眠一所，逃条命。第二天大姥爷看到几十具裸身的尸体吊树上，他们一个个破土而出般被剥去了军服，无论未翻的、外翻的，早消了魂，只剩下赤条条的尸体，经风一吹，有点厚，哗啦啦响彻天，尸身的风铃儿比活人更聒噪，企图招了魂。大姥爷跋涉千里到河南哭诉，杨得志专程从洛阳调拨两个骑兵团过趟油，只见从东开来一队白马团，从西开来一队黑马团，于傍晚交汇曹县，混成斑马旅，几绺向南进发，几绺向北开拔，各自回巢，似波浪滔滔，晚霞蘸边掠过。但凡人问，他们说：‘我们是王司令的队伍。’我大姥爷，姓王，名道明，诨号王屎橛。大姥爷借此招兵买马，声势壮大一番，横刀立马，很是威武了一阵。解放前又打光了，只要刀在，大姥爷照样东山再起。我记不住的那几年，大姥爷饿得没了胃，接着是肠子，最后只剩嘴巴了。那张大嘴挂在竹竿上，一张一合，几乎要吞下整个世界了。临死前半年大姥爷拉不出一橛屎。大姥爷死后，那把日本刀逃过了第一个五年，却逃不过第二个五年，小崽子们翻出那把刀，抽出刀鞘，费了半天劲撅折了，统统撂进河里头。大姥爷死了好多年，骨头都化了。我姥爷给凉水一激，双膝软下，分明看见他们把我大姥爷的腰一把撅折了。当晚我姥爷偷偷下水只摸出半截残刀来。这把刀便是，这是后来我爹找人重新给刀开了刃，煅了刀把。只剩这般长，像黄鳝尾。没错，正如你听说的，这把刀杀过中国人，也杀过日本人，更扎过我自己，每回都有血液哗啦啦淌呀淌。现如今，没人在意这把刀了，只能切个西瓜削个皮。你要听的便是它，没什么稀奇，这世道呀乱得还能再乱。”

武松取下帽子一般垂下头，我以为他长了个过长的下巴，低头刺胸。太阳一打头，我们提脚出了门。我至今记得，并不灼人的阳光，糊在墙上。只见黄叶瑟瑟，白云飘荡，大地一片暗过一片，阳光次次翻身下马。我更记得，巷子尽头有部队驻扎烧焦一半的枣树下，北降[①]高挂天空。城外军号嘹亮，他们于城下恶战。子弹嗖嗖钻墙，鸵鸟般撅着屁股埋头战栗。炮弹排空飞来，不安的大地沙沙作响。两军对垒五十米，再推近，三十米，最后十米。炮火像野兽撕咬大地。院门吱扭一下打开来，将战场推给战场，我们阔然看到一群小屁孩攻城略地，硝烟四起。武松叼根烟，吐出一口，脸被退后，说："走另一条道。"我们一步一步走远，这块战场也一分一分凉下来。美不胜收的朝阳由腹地升起，冷风掠过，武松的头有些肿胀，半拉脑袋几乎陷进肩胛骨里。武松死后经年，我并未感伤，唯见天干物燥、花儿枯萎。我尚记得武松记不得这些，我好话说尽，他怀疑我杜撰，我指责他诓我。他坐得久了，挣了一下起不来，半晌叹口气，他原原本本告诉我，我不信，声声痛责。他从不与我提安娜，

---

① 作者注：山东方言，"降"为彩虹，"北降"即天空的北方高挂彩虹。

此番涉及，我再也坐不住，在屋里荡来荡去。武松与我在此四面粉刷的斗室里，灯泡闪烁，跟审讯室一样晦暗、潮湿，头一回开诚布公。

他受羁押比我晚，情形比我糟透了，不用说，武松沉默对抗好几天，固若金汤。他们才改换门庭，定然是那个警察先开口，他真啰唆，一嘴整齐、光洁的牙齿白厉厉如肋骨。武松早交代已毕，或供认不讳或屈打成招，我从无亲见，一刻也不愿知道，但以下节录绝非信口雌黄。

警察说："前两天无意看了个央视节目，老倪萍主持，我得说这节目挺操蛋的，老婆爱看没得法。这是一家四口，三口人，供大儿子上大学。突然有一天他们引以为傲的大儿子一声没吭地——失踪了，这一年全家人以为他被害了、骗了种种，一家人发了疯似的找了他九年。九年以后他被节目组找到，一身低劣西装，整洁、熨平得像洗过的良心。他在管理一家网吧，说无颜面见父母。爹娘兄弟一见他便失声痛哭、泣不成言。我不关心他为啥子失踪九年，我只看到他见到家人时的不自然，这种不自然呢，不像是他是从这个家庭里长出来的，不像是从家庭里头长出来的一个人，而是从外部插进来的一把刀，不对，像泥巴一样糊上去的。”

武松说：“嘎嘎，关我啥子事？”

警察说：“看来关你的事。”

武松说：“莫非你以为他是我？”

警察说：“难道你不是？”

武松说：“我不是泥巴。”

警察说：“你快要不明不白地消失了。”

武松说：“我远不会消失。”

警察说：“这不是我要担心的事，你爹担心，他早在局子外头蹲了三天三夜了。”

在另一边审讯桌的拐角给一块衣袂遮住，这是唯一不那么尖锐的一角，另三个桌角好似白蜥蜴蹲伏。有个年轻人的肩膀溜下来，正飞快地记录。武松闻到一股泡白的大叶茶味，是接客过多的良娼味儿。

武松说：“那晚安娜写了张字条与我。”

我说：“你记错了，是安娜写与我的。”

武松说：“你的是第二张字条，她先写了头一张与我。”

警察说："写的什么？"

武松说："黄鹤亭望，无所见鸟飞；浩浩乎严水锁浪；大地川脉千里难平，长天阔地巨野茫茫。"

警察说："这是什么？"

我说："这是《黄鹤亭集序》。"

武松说："从我们课本里的一篇古文里摘下的。我能背下全文，安娜也是，所有人都是，黄韬的要求，似乎背会它便将五千年文化压上了肩头。字条与原文有出入，她故意出的错。"

警察说："我不明白？"

武松说："这是个谜语。'黄鹤亭望，无所见鸟飞'是'我'字。'浩浩乎严水锁浪'是'告'字；'大地川脉千里难平，长天阔地巨野茫茫'是'白'字；连起来便是'我告白'。"

警察说："后两个我知道，这头一个字我琢磨不透。"

武松说："你知道，我们的语文老师叫黄韬，无论冬夏，常年趿拉个人字拖，给儿子取名黄鹤，正因了这篇文。你不知道，因为你未见开头，黄鹤常与一匹大白鹅耍。我如此说，你该知道了。"

警察说："当是如此，又怎样？"

武松说："她让我当晚去找她。"

警察说："字条没写这个。"

武松说："这便是第二张字条的内容了，她支走了你。"

我说："我没走。"

武松说："我走了。"

警察说："空口无凭，字条咧？"

武松说："被我吃了。"

警察说："你这么一讲好有一比啊，粪叉子坐船——阐释（铲屎）过度（渡）呀。你找她了？"

武松说："我——我——我没——我没——"

警察说："你撒谎。"

你撒谎。你撒谎。我当晚送她回了家，不是你。你个骗子，甭告我，我不信。你说那晚你去了，又走了。喝了恁多酒，昏昏沉沉，你早回去睡了。你醒来已半夜，县城像被一拳夯实的米饭在沉睡。你以为做了梦，房里突然暗了一下子，你从梦中惊醒，一睁眼空空荡荡、凄凄惶惶，人还浑着。你一路来到安娜楼下，站在路灯下仰望，犹被飞碟捉住，辨不出哪个窟窿是安娜的窗。许多窗户拾级而上，突然跳到二楼或五楼，你瞧——拉亮一盏灯就是打开一扇窗。你突然发现你是循着梦迹一路向北的，终了悻然折返。像是集体的回忆，先是两列路灯排开亮，招致黑夜到来。撑到后半夜，你冒寒穿城，又掉身回家。你走出白桦林，听一声狗叫抛一块石头，前头是墓葬群，久违的怕从心底发出，寒战像开了锅的沸水浴满全身。一步一个坟茔，每踩下一个脚印便起泡一个鬼魂，鬼魂的名字都是同一个，这名字帽子一般由这个鬼魂的头顶换给另一个鬼魂的头顶。你怕得跑起来，绊倒好几回，骨头都给摔出去了，恐惧还振荡周身。你不怕偷，不怕抢，就怕这深夜的鬼，自小落的根，又因为自尊和羞耻，假一副胆大妄为的浪荡样。你愈逃，它愈追，黑黢黢的鬼魂，松一阵、紧一阵地撵得你走一尺、扑一丈，好容易到了家，将鬼魂关在门外，蒙进被子，就像回到小时候。好半晌，咚咚咚捶破了门扉，你不敢吭气。安静了一会儿子，又是一阵叩门声。几度反复，你绞着双手下了地，赤脚一哆嗦，瑟瑟发抖地问："谁？"外头说："我。"你还问："你是谁？"外头说："我是我。"外头的我一头扎进来，撞着你，你这才想到，一早摔出来的不是骨头是魂魄，你挺了挺腰际，把害怕藏在背后，问我大半夜作甚。我说："怕。"你问："怕什么？"我说："鬼。"你像给人兜头浇下两遍茶，把我从头打量到脚底。积雪湿了我的鞋，寒气洇透我双脚，给屋里的热气一激，这才体味偌大的冷来。我跺脚、搓脚、烤火都不好使，寒冷早截去了我的双脚。你给我找来一双皮靴。可能大了点，咣当，比冻着强，鞋带系紧些，穿上好一阵才顶用。寒风劲吹，窗子绷不住，浓黑的夜扑进来。呛得我咳嗽起来，很是气闷，上口儿不接下口儿。几度相顾无言，我们开始讲故事，讲什么呢，除却爱情便是神话。为了壮胆还讲鬼故事。高高一盏灯，光打在你脸上，也打在我脸上，我们又不说话了，唯有寒冷烫得脚疼。"天太冷找个地儿暖暖脚。"你说着直往外走。一路的境况更糟，夜空好似倒悬的巍峨大山，压低了我，也压弯了你，几乎不能呼吸。很跑了一阵，拐出很孬的路，望不尽的厂区骤然横在眉前，早荒废了几十年，像个废弃的铁轮，地下冒着热气，地面湿滑，未见一片雪丝，过膝的荒草迎风摇摆，庞大的管道、高耸的烟囱、黑色的巨塔、残缺的轨道、翻倒的火车、蚀烂的机器残骸，还有只剩下钢筋混凝土的天机废楼，都贯穿寒风，嗡嗡响成一片。迸发的机油味和钢铁味压制了黑夜，压制了寒冷，也压制了时间。北风吹天，森森冷气灰不可辨，天机废楼和锈掉半拉的铁厂发出瘆人的呼号，好似巨大的铁肺在巨大地呼吸，时而扩张，时而紧缩，铁锈簌簌扑落。富于金属质感的呼吸震荡传播，大而清脆，轰隆隆震颤，好一副巨大的铁肺，几乎抢光了我们的空气，差点儿憋死我们，闷死城市。唯有老鼠活得凶恶。愈深入厂区愈是幽邃，遍地都是死掉的废铁，唯见老鼠活得凶狠。一只只老鼠横上我肩头，爬过我脸庞，我一把把摔过去，搅不浑老鼠汤。你拿手电一照，好家伙，这场面真壮观，二十万只老鼠盘踞于此——人类的繁殖是往下蹿的——只有老鼠的繁殖向四面铺开，浩瀚一片。老鼠们说："哈喽，小猫咪。"我说："你们是谁？"老鼠们说："屁，我们不是我们，我们是一只，一只龙。"我说："龙？"老鼠们说："我们是一只很大很胖的、圆咕隆咚的、没有脚没有翅膀的龙，不能走，不能飞，只能拖着尾巴，磨掉半截身子前行，凶露血肉。"我说："龙不是飞在天上吗？"龙说："老子把天摁到了地上来。"它闭了嘴。我也不再吭声，跟上你，你还在说。这个大钢铁的工厂——曹县内燃机车厂—— 是八十或九十年代人们的铁饭碗，竟荒凉如斯。工人早逃净了，脚却没来得及跑，全留在了这儿。这些不是老鼠，是十万工人的双脚。我们都是没脚的儿子。我说我是农民的儿子。你瞥我一眼，没吭气。十年以后，我知道有个地雷战的故事，打仗那会子，地雷便宜又高效。战争结束后，敌人走了，敌人的敌人也走了，地雷留了下来，炸掉双脚的几乎全是当地农民。他们也都是没脚的儿子。你转身欲走。虎视眈眈的老鼠的海洋淹了脚踝，我的双脚没有更暖和，双脚冷得像是溜走了，我更害怕了，害怕的不再是鬼魂。因此，我问："鬼魂会冷吗？"你说："鬼魂不会冷，鬼魂不冷大概是因为鬼魂不需要穿鞋。"说完，你转身走了，巨大的鼠群在蠕动，我也跟上去。经由解放路，过了停刀口，折转中华桥，路过学校我才看到高悬校门的"山东曹县一中"匾额，乃郭沫若亲笔题写。我们各自回了家。我太累了，扑床倒了。你将近天亮才睡着，此前很大的空当你凑近窗户凝视。大伙说，鸡鸣三遍，百鬼必退。此时，晨曦乍来，太阳东升之前你看到最后一眼鬼魂，不再害怕了，这鬼魂是哈在玻璃上的水汽。

这些我全不知道。我喝酒断了片，唱歌忘了词。武松说：“你不信我。”我说：“鬼才信你。”武松说：“嘎嘎，我真见了你。”我说：“你见了安娜。”武松说：“见鬼。”

我没不信谁，只是困惑。我们老忘事，是因为记性太好。鲁迅他老人家都说，为了忘却的纪念。我是嫉妒发了狂，武松知道。于是他回顾过往，叙说现在。武松被捉以后，我忠心耿耿地坐着，也不说话，只是翻书，像一无所有了。下课铃照旧按时，我踩着铃声走步子，直到校外听不见铃声才停下，不知道去哪儿。去一趟“供销社”，几个孩子在玩老虎机，再走一遭台球室，没人认得我。踟蹰街头，有人找我借火，我避开了。路过小卖部，买一包哈德门。出门才想起没火机，因为店主多找我五块钱，我才不回头，一路借问好些人也没借到火。我把烟卷叼嘴上，一路走一路吃，烟叶全给嚼碎了。三根烟碎了地，才有人给火，早失了吸烟的兴致。我以为他是乞丐，不等他开口，把哈德门一股脑儿塞与他。他黑且瘦，坐在轮椅里，裤腿空荡荡吊着，满手是泥，一根接一根可劲嘬，那劲头真像给他续了两条腿，一条腿向左，一条腿往右。是呀，天太冷，腿都冻掉了，我的脊背发凉，掉身一阵猛跑，跑回学校，一直到操场绕着跑道跑了两圈又一圈，真怕跑不回自己这双腿。这块儿是机器猫晚上逮爱情的地界，也是男生们的乐土。他们在踢足球，这个踢一下，那个也踢一下。踢不到一半，我看到皮猴，他受伤下了场。围上来一瞅，嗬，知道一大半。他们捉我做替补，还换了皮猴的球鞋给我，咣当得很，地也端的冷硬。排骨使绊子，还老撞我。中场一休息，我问他："你要怎样？"他说："什么怎样。"我说："你绊我。"他说："谁绊你了。"我说："狗绊我。"他说："你骂人。"我说："没绊我你应什么。"他要揍我，被人拦不住。皮猴拉我一把躲过一拳，我转身吼他："甭拉我，你又是做什么来了。"白娘娘走过来，人们让开一条道。我跃跃欲试，身子鼓胀起来，我想跟所有人打架。白娘娘坐下来，松开鞋带，又仔细系好，慢条斯理说："给我一支烟。"排骨没吭声，退了开去。白娘娘松开另一根鞋带，再仔细系好，说："给我另一支。"他的声音柔若无骨，却令人胆寒得直刺人心。他点了两支烟，递我一支，我接住，将烟头摁进手心里，嗞嗞肉味冒了烟。白娘娘递过来另一支，我给另一只手心也烫个窟窿。白娘娘摆摆手，他们又开始踢球了。我坐下来，双手交叠，两相窟窿铆一块儿，冻硬的枯枝在头顶炸响。

“你是武松的同桌？”白娘娘问。

“嘎——啊——的，”我说，“现在不是了。”

“上回打架不记得你。”白娘娘说。

“我记得你。”我说。

“我们算是头回见，”白娘娘说，“我可不能眼见你挨打。我见过挨打的人，被打得几乎死掉了。他们都叫他‘绿巨人’，瘦长的个子，白白净净的，总穿一身绿军装，穷酸相。我们没见过他笑，也没见过他哭，没趣、寡淡得很。咱不管什么缘由，单说挨打这段，就学校前头那条人民路嘛，他被人从东城踹到西城，一条路颠过来倒过去，像皮球滚啊滚的。你是没瞧见，那场面大得很。他不再那副死相，我想他尝到了痛，这滋味，也是活的滋味。踢他一脚，他便活一轱辘。揍他的人都不敢停下，生怕一停下他就死球了。他不会死，他死之前我便停了手，我从来不弄死人，还给他送医院，甭看我，我在教他做人，做个活人。后来再见他，我几乎认不出，他脸上都太过肿大、乌青了，给海水泡一年也没这么大，所以啊，同学们把‘绿巨人’与了他。‘被打气筒打气，也不至于这样。’他说，很忧伤。没承想下了这么狠的手，这怨不得我，怪就怪有人拦了我。他还真倔，踢翻他一回，滚一轱辘又蹦起来，跟他妈弹簧似的，有完没完？老子早腻了。突然有人拦我，性质不同了，就是踢球了，即刻好玩了，愈是拦我愈得向前冲。你瞅他们，都这样，否则不是踢球，是打架了。我不是来劲，是规矩，这不由我，我停不下来。与你何干？拦我的当然不是你，是武松，这才是我与武松头回见。”

“我不明白。”我说。

“‘绿巨人’不是旁人，他的名字叫大安。”白娘娘说。

那回武松与我、皮猴、老桩他们打的虽然不是他，但武松打他的消息，像群鸟扑棱棱乱飞。

“你不信我。”白娘娘说。

“我谁都不信。”我说。

四围都是寒冬的凛冽，冷下的汗哆哆嗦嗦扎透皮肤。皮猴瘸着腿回来了，他递给白娘娘一瓶康师傅，瞅我一眼，也递我一瓶。他们还在踢球，打着唿哨，跑着步。我找不到球在哪儿。他们没停下的迹象。

“你信武松？”白娘娘问。

“我信佛。”我说。

“信多少？”白娘娘问。

“五块钱的。”我说。

有生脸蛋子跑遍校园，打探我在哪儿，皮猴把他带给我。他说：“李富强叫我告你，别回教室。”我问为什么。上课铃一响，他匆匆说：“甭回就是。”折身跑了。我绕道走一遭厕所，轧着铃声一路到教室，前门与后门被人堵死了，嘿，上回的俩警察。我带他们到我的出租屋，他们到处翻拣，掏净了只找到一些硬币和一摞破书。“你鞋咧？”一个问。“喏，除脚上的，都搁着咧。”我抬抬腿，糟糕，走得仓促，两脚都是皮猴的球鞋，不可脚。“没了？”另一个问。“没了。”我说。刚出门皮猴拎了双皮靴站在那里笑。我赤脚进来审讯室，更多的潮湿和阴冷从脚底蹿上来。我回炉是因为一双鞋，离开也是因为它。把我屈打成招后，他们竟然放了我。老警察端着靴子摆摆手：“放了，放了。瞧瞧，鞋底这印子，外八字脚才磨这鬼地方，他走路不这样。”我想起来了，武松走路的样子很怪，我学不像。老警察把勺子搅在杯子里，毫无动静地坐着。一个比头一回更严厉，皮鞋踏得橐橐响，动辄发怒。“张嘴。”他把枪管插进我嘴里。大约十个蚂蚁爬上我脊梁，痒嗡嗡蹿下去，我即刻招供三千言。陈述完毕。“上回怎不说？”他问。“我要说咧，你们放了我呀。”我说。我并没因为离开公安局轻松。我小心翼翼问他们武松怎么样了，他们眼一瞪，脸一横，说：“不该问的少张嘴。”我还是听到一些碎嘴子。俗语说，柴经不住百斧，人经不住百语，竟给坐实了武松的行径。他们接着说：“有其父必有其子。”这里头一定有故事，是的，但我知晓的故事却是另外一种讲法。我没见过武松的父亲，倒是出门前遇着个身量矮小的男人，他认不得我。我以为不认得他，思虑良久，我才认得。我早就相信了传言，这次看到他，就像传言得到了证实，他是马文曜，武松他爹。他坐在连排等候椅上，脊背挺得笔直。深蓝褂子，黑色的束脚裤子，利落、整洁；脚边趴个捡字纸的蛇皮袋；脸颊凹陷，眼珠精黑，花白头发，虽长不乱。后来我见过他几回，唯有今次满头灰发暗淡无光。我悄然走过，他还直挺挺坐着，不着一丝慌乱。

他这般静坐无声，正如他妻子王文丽四十年前为老父抗争到底一样，不着一丝慌乱。那是王文丽大伯王屎橛死后八年，她年纪十六，他也年仅十六。

这十年怎起的头，人不消说，都道祸根深。大地犯癫痫，人民发癔症，谁叫你赶上了。王文丽从来辨不清谁是哪一派，总归轮番上，抄家好几回，翻箱倒柜刨出一把日本刀，撅折了扔进河里头，当即揪了王道明游斗。王道明的脑袋被摁进地狱里，止不住地嘟噜：“我认罪，我忏悔。”批斗小半年，王道明吃不住，趁夜逃了。能逃到哪儿呢？三天后他带来胡明忠将军亲笔字条一张：“王道明同志于抗日有功。”有如神谕，掀起他的头，像红旗高飙。小崽子们才恨恨作罢。然而，王道明高兴过了头，当晚宰鹅下酒，翌日被人告发，锒铛入狱。只因他昨晚磨刀霍霍说：“先杀鹅，再拔毛。”恶毒攻击社会主义和伟大领袖，扣个硕大的“反革命”帽子。父亲入狱后，王文丽照旧去学校，玉龙河的汤汤流水每隔几日便从上游漂下几具尸体，泡涨的尸体懂礼貌、知谦让、好游荡，甚至学会了搁浅，努力撅根树枝戳一戳，捡颗石子摺一摺，尸体孩子似的咕咕吃水，笑出声来，仿似说：“别闹。”这当口的学校早停了课，还没捞到郭沫若的题名，教室里空空荡荡，是情与爱的好去处，然而，哪个少男不多情，哪个少女不怀春。外头枪声砰砰响，流弹穿透门板，击碎大水瓶，钉进墙里头。说不好崩中头，子弹吃进脑壳里，再亲两口才肯死。学校分好派和屁派，是两条好腿，谁都扳不折谁。武松是屁派，抄过不少户，总跑头一个，从没挨过枪。砸神捣庙样样干，此地有个灯笼庙，他们拧断佛祖的头颅。八十年代，重修灯笼庙，早不见原先的石佛，人们捐银重塑一尊镀金佛，还给金佛脖颈上系了根细细的红线，此乃后话。最光彩莫过焚洋庙那回，他们一行五六个，一股脑扎进县里的教堂，早改建了图书馆，这庙真他娘怪，神像布满灰尘、漆皮剥落，这倒没啥，怪就怪竟把洋神钉在十字上，比我们还球狠，头破血流，遍体鳞伤，真他娘惨，恁卑贱的神，砸起来好鸡巴窝囊。“一把火烧了球。”这话撩了火，排排书籍做火引，真给他们烧了教堂。透过熊熊火光，武松仿佛一举烧净了英、美帝国主义，激起雄心万丈。很快，哗啦啦书页子的字字体体凄声厉鸣，仿若人类英灵之哀号。屁派过分招摇未几，一倒倒一串，头一个便是武松，罪名是强奸。审讯开初，武松拒不交代，高喊：“我跟马克思他老人家是一家。”好几派轮番轰炸，搞疲劳战术。脑袋顶个大灯泡，这叫“烤蚂蚱”。武松终是招了供，从此登台挨斗。台是戏台，早没人唱戏，分垒两边台柱有一对长联，已斑驳脱漆，近乎掉尽了，唯有痕迹残存，依稀辨认对联内容是：

世事本浮沉，看他傀儡登场，也无非屠狗封侯，烂羊作尉

山河供鼓吹，任尔风云变化，总不过草头富贵，花面逢迎

没人叫过武松的真名，只因他曾是这个戏台的霸主，他只身一人，唱一出山东快书《武松打虎》也是一绝，台下便轰然叫好。因此，人人便叫他武松。现如今，武松臊眉耷眼，跪在上面，待到时间长了，他无所事事，嗓子痒痒，想要再来一出《武松打虎》，那便是：“闲言碎语咱不要讲，表一表那好汉武二郎。那武松正走到天刚擦黑，

十八碗酒便发作，叫个好汉武二郎走路摇摇又晃晃。走到乱树林边，他撑不住，便在一块大青石上歪下来。刚刚闭了眼，忽然起了一阵狂风，便把他惊醒了，乱树丛后噗的一声响，跳出一头斑斓猛虎！这只虎不简单，高有六尺半，长有八尺还有余。血盆口一张簸箕大，两眼一瞪像茶缸。脑门上刻着字，三横一竖念作王。武松啊呀叫了一声，便从青石上翻身下来，将哨棒抓到手里。那老虎突然便从半空中扑来。这武松他忙一闪，便到老虎的背后。这只大虎往后一掀，这武松一个鹞子翻身跳了出来。说时迟那时快，而那铁棒一般的老虎尾巴横扫过来，这武松不过一滚才躲过。话说这一扑、一掀、一扫正是老虎的三样看家本事，老虎样样落了空，气势也就减了一半了。这武松瞅准机会，抓起那哨棒使了吃奶力气劈过去，但听一声大大的‘啪’字，偏偏打在树枝上，哨棒顿时断作两截。那老虎不甘心啊，又扑过来，武松只往后一跳，张开两只手按住虎头，双脚便冲老虎的脸上、眼睛里乱踢。老虎痛得哇哇乱叫，爪子刨出一个土坑，忽然说：‘好疼啊。’那武松死死不肯放松，说：‘疼就对了。’老虎说：‘咱能不能不打了。’武松说：‘我打我打我打老虎。’说着这武松腾出右手，铜铃一般大的拳头打了虎头五六十拳，但见老虎的眼里、嘴里、鼻子里、耳朵里全都迸出血来，再动弹不得，没有出的气了。这便是武松打死一只虎，留下美名天下扬。”与他偕同“架飞机”的有个女人，好似比翼双飞鸟，听了他的一番快板，目瞪口呆。武松跪在台上头一回见到她还不知道她便是被他“糟蹋”过的女人，只在群众一浪高过一浪的高呼里一遍又一遍地强奸她。她叫王文丽，年纪不大，眉目清丽。王文丽当恨武松，武松也该恨王文丽，起码她这么想。王文丽只把恨埋心窝，从不与他说。武松不正气，每每挨斗，跪过四五时辰，悄声与她说：“我发现有种跪法没那么疼，你试试。”王文丽腿疼疼不过心疼，总一脸敌忾气。斗过一台还有一台，人保组又叫他们写交代。王文丽梗着颈子说不识字。武松假作好人，为她遮掩说：“她那份我执笔，她口述。”他们被关在灯笼庙里，一个直不吭气，另一个从未停笔。武松写完自己那份，轮到她那份时，也不问她，只换了视角和语气誊一份。这时节，武松全个心思都花在分角色写作上了，也全亏每每未能通过，他一回回重新来过，回回不重样，每个字词句点均尽善尽美至妥帖、恰当。写完武松怎的怎的引诱、强奸王文丽，再写王文丽怎的怎的受武松引诱、强奸。文字风格自是泾渭分明的。暑热揭开是酷寒，故事被武松写过不下千遍，几是烂熟了，每至写到强奸之细节，武松直似不是强奸王文丽，而是自己干自己。到后来领导看腻了，偏不罢休，不但要他们认罪，还说："你们要忏悔啊。"武松这才通晓他之写作，没一字忏悔；洋洋百万字，通是爱情，尽管无一爱字。他不知道，她更不知道，这爱便是他们的羞耻，他们的罪孽，他们的忏悔。透过写作武松疑心更重，也曾试探王文丽："为什么告我强奸？"王文丽张张嘴说个话，也不管武松听未听知，同一切淹进庞大的呼号里了。第二天众人高呼时分王文丽嚼着话说："我发现另一种跪法更不疼，你也试试。"说完王文丽嘴边涌出复仇的快慰。当晚，武松写作已毕，若四下奔突的野狼。他回顾王文丽昨日之言："你告发我爹。"遂昂了颈子讲起烧洋庙的豪气。她很警惕地盯他。他瞅了一眼断头的佛像，接着说："洋神怪透了，只一个，叫上帝，还有儿子叫耶稣，给人钉死了。你道他怎的来中国？"大伙都传天主天主教何时入驻中国尚无定论，如何楔进来又是一桩谜案，《明实录》载乃利玛窦传入，《明季稗史》却另有别论。一五八三年利玛窦经转印度、马六甲和澳门，抵达广东肇庆。偌大个中国固若金汤，油盐不进，利玛窦日日勤勉布道，颗粒无收。单说魔鬼也变作传教士随利玛窦来华，因无一人奉教，魔鬼也没灵魂可诱。魔鬼天天无聊，只是乱翻书。闷久了便出门，遇着人不瞅睬，有农民好奇："小和尚不讲经？"魔鬼说："魔鬼不传教。"农民说："小和尚没球能耐。"魔鬼不睬。农民说："与你师父一球样。"魔鬼大怒，要拿灵魂做赌。农民哪当真，说："真是狗头上长犄角，出洋（羊）相。"魔鬼头上即刻生出两只羊犄角，农民即诧即悔。魔鬼说："我教教义旨在不信。信，乃我信徒；不信，亦我信徒。你信是不信？"农民犹疑难定，说："又不是黄牛的尾巴，两边摆。"魔鬼屁股后头腾地蹿出一根牛尾巴。农民再诧再悔，好似看到上帝两次显圣。魔鬼知道，他收不走农民的灵魂，假作宽宥道："不给灵魂也成，你肚里的字词要按揭与我，权作赎金。"此后，农民每寄一封字给魔鬼，便刨了自己一坑。直至收到一封空信，魔鬼大怒，回信时，才发现没地址，便寄了所有信给所有中国人，这信也空心，还外翻——这便是"不信"——魔鬼的教义，踏足中国，以灵魂做赌，搜刮字句，像是偷天掘命，把人挖空。这当口，上帝的《圣经》（魔鬼曾帮老儿勘误、校订中文《圣经》）洋洋五百万言，吵吵嚷嚷，趁魔鬼豁开口子、翻了土，撒籽、种教，昏聩的利玛窦冒天之功以为己力，乐不可支。如今教宗根浅福薄，毕竟起了头。魔鬼的《圣经》至今香火不绝，此经你家有，我家有，家家都有。俗话说：家家有本难念的经。为甚难念？没有字嘛。这传说自小流传，没谁不知道，有人不信也有人信。武松问："你信还是不信？"此时，夜风拂来，犬吠交错，吹醒的只有活人，王文丽寒毛陡立。王文丽仍是平素的王文丽，只是肚中日渐发大，尽做怪梦。武松权当自己下的种，高兴了再唱一段《武松打虎》给儿子听。王文丽说："你怎知是儿子？"武松说："总要有人是儿子。"批斗过后他老拽她："别跑，走。"她一拨楞，撇开他。次年三月，王文丽坐草要产崽。武松还在写作，喉咙喊哑了无人应，求神告佛没球用，门也给捶烂了，他发急大喊："打倒毛主席。"透过门板给人一枪撂翻了，武松栽头跌下抖三抖，脑壳儿被一颗子弹噎死了，再说两句才肯死，第二句是："我没告发你爹，但是要是换我我也会告发。"头一句是"啊——门"。王文丽听完他说第一句，便知道武松要死了，就哭着说：“武松啊，我还不知道你叫什么名字呢，武松啊，你叫什么名字呢？”武松也不搭话，直接说了第二句。王文丽听罢宫缩昏厥，被人抢救一把，生了崽，真个带把。久不见哭声，倒提也没用，儿子被“哇”字噎死了。一九七八秋王道明平反归家，王文丽也回了家。王道明像是换张皮，除却拜佛便吃肉，说话遇到“鹅”“毛”二字，也被“嘎嘎”吃掉，譬如：天上下起了嘎嘎大雪。他拜神的姿势也不像求保佑，更像忏悔。挨到好时候，不少媒人备好彩礼踏破门槛，王道明很是笑：“千里送嘎嘎，礼轻情深哩。”全给女儿搅黄了，熬个老姑娘。再经二年，王文丽不知从哪儿突然拽来个捡字纸的穷酸要结婚，这人不识字，打小与人学山东快书，说起评书来嗒嗒不停。爹娘希望他将来中进士，捐钱给儿子请了个马文曜这等文绉绉的名字，亏得人老实。及至后来王文丽怀了孕，王文丽说：“儿子，一定是儿子。”然后与马文曜说，“你给儿子唱一段评书吧。”马文曜说：“唱哪一段呢？”王文丽说：“武松打虎。”马文曜说罢咯咯一笑。他有他的笑处，王文丽平日也没少取笑他。因为马文曜身处曹县西北，倒插门来到这里，嘴巴有点瓢，说话老有口音，把吃饭说七饭，把人民说汪民，把老虎说老红，就这一出《武松打虎》，把个“虎”字吃了，嘴巴一歪念作了“红”字，通通叫作《武松打红》，改也改不掉。王文丽却说：“儿子生下来就叫武松。”马文曜不敢反驳，幸亏生的是个女儿，只好叫作马冬雨。到及至第二年，王文丽难产死掉，剖腹生了儿子叫作马红旗，可怜做娘的临死前直念：YesiYesiYesiYesiYesiYesYesYesYesYesYesYesuYesuYesuYesuYesuYesuYesuYesussssss……听起来像是“噎死”二字，好像她是在说她是被儿子噎死的。到底没人知道什么意思，当爹的没听清，只拿拼音误作遗言，取儿子乳名作Yesu，没两天好心人便劝他改名。因为不吉利，人取神仙的名字活不久。马文曜这才想起王文丽的愿景，便把马红旗叫作武松了，丢到风雨里长养。这故事没人讲，便没人听。有人听，才会有人讲。武松从大狱里出来头一夜，找到我与我讲。那大夜无声，嘎嘎大雪再次降临，好似落草的寇，武松开门见山：“嘎嘎，原谅我吧。”“嘎的（God）嘎的（God），”我说，“不，我不原谅。”别说叫武松，便是他是耶稣，便是他一直叫耶稣到现在，那么，耶稣到死也没获到宽恕。

现在，我们回头看安娜。安娜早早去上学，教室是个多情种，早晨诵读似雾霭，中午淅淅沥沥不罢休，下午润物没个声。人是贱坯子，悲欢离合全由它。今天是礼拜五，没有晚自习，下午两节课以后是放学，安娜用不着人送。已是深冬，该是最冷时节，阳光最温顺，太阳浮在西当头，安娜走啊走的令它一步一步沉了下去。安娜突然想吃鱼，就绕远去鱼档买了一条黄花鱼，因为鱼档和公安局顺路，安娜就顺道走了遭公安局。父母尚未下班，她把鱼搁上案板。黄花鱼是海鱼，甚是冰冻，轻轻一撂，这条鱼蹩脚地蹦了蹦，像努力逗笑了一个死人，给了厨房以潮汐，曹县没有海。客厅别扭得像个陌生人，是家具移了位置。她以为被发现了，妈妈走来走去，最后陷进沙发里，眼睛大而无当，看到安娜她一抽一抽地笑。安娜拖动双腿，走进自己的房间。爸爸回来前，饭菜业已上桌。妈妈按例做了祷告，才开饭。安娜坐下时屁股发紧。妈妈问她，她胡乱搪塞，先一口吃了鱼。爸爸说："今天吃鱼哩。"妈妈说："你最爱的黄花鱼。"爸爸说："你做的？"安娜说："我买的。"爸爸说：

“有事？”安娜说：“没什么事。”妈妈说：“快吃快吃，莫等饭凉了。”爸爸说：“有话快说，别掖着。”安娜说：“今天放学，我遇着个女同学，给一条黄花鱼绊倒了，我就扶起她。她却没有回家，拐回去就到公安局了，她去公安局干什么？报案呗。因为一条鱼就报案太不值当吧。警察问了她，我才知道她说她昨黑个遭人强奸，第二天给忘了，摔了一跤才想起来。”妈妈说：“好吃哦？”爸爸说：“好吃。”安娜说：“妈妈做的好吃。”饭菜过半，安娜起身取杯子，杯子是陶瓷的，不透明，上半乳白，下半海蓝，杯把儿也持蓝白双色。安娜接了半杯水。爸爸说：“把杯子接满。”安娜不听。爸爸说：“凡事莫要半路出家。”安娜说：“我这出家出在前半路。”爸爸说：“一瓶子不满，半瓶子咣当。”安娜说：“这是杯子，不是瓶子。”爸爸按下心说：“跟你说多少回了——”安娜抢白道：“你那是迷信。”爸爸铁青了脸说：“这不是迷信，劳什子耶稣教才迷信。”妈妈没吭气，直瞪瞪地盯着爸爸，一字一顿说：“我们都如羊走迷途，各人偏行己路。”而爸爸的迷信则是，人要是从半满的杯子里喝水，会有鬼魂趁机钻进身体。安娜把半杯水搁回餐桌，转身欲走，一开门她遇上半杯干涸截去胸脯。半夜刚过，窗外月光冷冽。妈妈起夜开亮客厅的电灯，一双棉鞋胡乱放着，好似隐形的怪物乱跑乱撞。她看到安娜坐在椅子里，赤脚缠着绷带，褚色的影子拍在墙上。安娜静静地笑，这笑古怪得像血一样流了一脸。她说："我不知道，也说不清。有一头很大的黑熊，穿着高领毛衣，睡梦一样降临，支着后腿冲我叫，张着熊掌，又是挠又是咬，发疯似的，我还以为是梦，整个房间都被抓红了，像那匹鹅遭人一刀割喉，就是不死，一直在扑腾，在滴血。我怕，报案的时候倒不怕了，可他们说下班了，明天才能来。"妈妈才察知不妥，茫茫四顾，女儿的卧室大开其门，像一张巨大的饕餮的嘴。后来的调查里妈妈直言，她直奔过去，动作小，频率快，以为一只手在开门，看到天花板和墙壁，四四方方什么也没有。窗帘咕咕飘动，玻璃碴迸一地，冷风吹来，犹是一具死尸訇然扑倒，房间这才奇寒无比。她不敢向前了，战栗着高喊丈夫。丈夫坦言，他不怕，递给警察们一人一支烟，但总有人躲在房里，憋不住哪会子蹦出来，吓甚一吓。妻子在催促，月光在流淌，她多么急着要看那张床啊。作为男人，赤脚套的一双皮鞋毂毂作响，好似两只硕大的蟑螂，他只能贸然顶进，就着月光看到女儿的床，什么都没有。丈夫怕了，因为他知道：事情一定发生在另一张床上。即使这房间只容得下这一张床，但事情一定发生在另一张床上。他从没说过这个，他只与警察说他们知道时，事情已过去一昼夜。说完，他很吃一惊，也狠吃了一口烟。

事关当晚，无论父母责难，还是警察盘问，安娜从来只一份说辞，每回都只字不差，有如一粒铜豌豆，煮不烂，捶不扁。三天后安娜开口说是武松，妈妈一度以为她渎神。学校里无人不晓武松之名。安娜更知道，同学一场，安娜与武松几乎从无相遇，她每回见到他，他都夹着尾巴逃了。安娜要是前门进教室，武松便是后门翘课跑路，仿佛教室的容量只有六十七，是安娜把武松推出了门外。也有例外，剥皮吃狗那天，武松想逃课，一条脚刚跨过教室的门槛，远远瞧见学校大门撇进来另一条脚，武松像被这只脚上的白鞋踩疼了一般羞怯地退了回来。好容易被通缉犯拽到电线杆边上，却不在同一天，我则成了传话员。安娜问我："逮着没？"武松与我说："逮不着。"我说："走夜道不安全。"武松问我："你住哪儿？”我问安娜：“你住哪儿？”安娜与我说：“石蛤蟆街。”我与武松说：“石蛤蟆街。”武松说：“你以后可以送她嘛。”说完，武松夹着尾巴逃走了。武松啊，你个长尾巴的屄蛋。自此，安娜每夜被一路护佑，从未耽搁。直到出事那晚，天上有个硕大的月亮，好似看坏了一只眼睛的夜枭，留下另一只照看世间。安娜回家前，拐我进来一条窄巷子。安娜说，男人和女人要是没做爱该多好；两个人精赤了身体，坦诚相见，睡在屋顶上，滚在雪地里，你搂我抱，只为取暖，该多好。一伸手抓一把星星，一撇手撒进河里头。然后，静静地哭泣，皮肤的皱褶如山峦般丑陋，一粒粒皮肤，一颗颗战栗，没有高潮，没有喊叫，只剩下淋病、梅毒和尖锐湿疣，贴在电线杆上永生。然而，一旦有了交媾，即便两根木头，在冰天雪地里也会抵死缠绵，生一双宽大的木屐，啪嗒——啪嗒——鸭子似的趟过流水，深陷泥沼。

我真傻，真的，人傻倒还罢了，鸡巴也傻。

那晚安娜像个廉价的白瓷圣母，把我吓跑了。安娜此举，是因为看到了腌臜的地板。早晨安娜离得早，走得慌，也要板板正正把鞋弄平。晌午，前桌踩污了一只鞋，刷也刷不净，她气鼓了一节课，下课她回家要换另一双，开门进屋，找到另一双鞋子换好，给污的这双刷净晾好，回到客厅再喝半杯水。然后，是风给爸妈的卧室悄悄开了条缝。她听到喊叫和喘息，悄声走近。安娜偷窥之前，回头直视钟表。她的脖颈和耳根炽热、发红，直逃出家门，愈跑愈快，她看到之景象好似炮火，步步紧逼。她看到他们在交合，肥腻而淫荡，好似一块肥肉肏另一块肥肉。他们结束以后，安娜才看到爸爸，几乎认不得，安娜胆怯地去看赤条条的爸爸，像个陌生人，爸爸被剥了皮一样触目，血刺呼啦的。安娜看不到女人的脸，甚至看不到她的头，许是她本没有头。她只是躺那儿，还没从性爱中醒来，屈膝张腿，睚眦毕露，这不是女人的下体，是一只倒悬暗夜的蝙蝠，已大开翅膀，长出獠牙，一次次吸干爸爸的血，也咬得安娜战栗不已，跪倒在地，安娜被啪的一声打开了，打开了她的身体，急吼吼地长。这不是妈妈，安娜不是没见过父母做爱，那场面，像一条毛巾肏一块抹布。“那光洁的白瓷地板腌臜得叫我恶心。”安娜说。

翌日，安娜再次看到这双腿，它们已经穿上了裤子，正在学走路，真是一双好裤腿，给安娜嘘寒问暖，端好饭菜端上桌。还笑，一抽一抽的。“一定是饿的。”安娜想，后悔没买条鱼。因为昨天她看到这个精赤的身体抬起头来，她还是看不到她的脸，等她扭过脸，像是拧开的一盏灯，把那张脸拧亮了。安娜喘不过气来，即刻逃了，她看到妈妈的脸。安娜一面跑一面怕，她疑惑自己是不是长大了许多，突然懂得了一分钟之前她不懂的事。这疑惑更使她怕，她听到自己的骨节向上生长的声音。

二十年之后，当安娜熟经人事，尝追及这场偷窥。她经的人也大都不是东西，他们信奉：女人嘛，不就是一条缝。经的事也荒唐如荤段子，他们说：“给你猜个谜撒。两人对着站，脱了衣裳干，为了一条缝，累出一身汗。”安娜假作不知道。对方说：“锯木头撒。”他们无耻地哈哈大笑，只有男人才会这样恶心，恶心到呕出心脏脾肺统统不留，安娜因此便做了空心人，使她从来就想忘记过往，然而又怎能忘记。是啊，安娜每每忆及过往，她的那条缝也不是生来便有，而是那天正午给硬生生锯开的，锯得安娜撕心裂肺。

按回程，安娜折上人民路，已开始下雨，路过学校雨停了，雪没停下，安娜也没停下，将到尽头，陡然转进灯笼街。这儿是洗头城一条街，偏偏中央的位置藏个灯笼庙。这当儿，已是傍黑，雪还在下，安娜每走过一家洗头店，这家铺子便亮起粉色的灯，像被她挨个摁了亮。兜转了几转，大雪初停，安娜心一横，任选一家走进去，里头粉嫩得像一枚花骨朵，直往里去，一扇扇门打开，犹如花朵次第开放。她不听劝，要她们给她洗头。她们不肯，窃窃私笑，告诉她："男人才能洗。"安娜死死盯她们，想逃，挪不动腿，哑着嗓子喊："男人都是长尾巴的㞞蛋，还长在了前面。"安娜闭上眼睛时，她们正为她调试水温，流下来有些冷，她想到家里温暖的炉火和洁净的白瓷砖，眼泪终于随流水痛快哭一场："没一处不腌臜，只有妓女的怀抱才是唯一的净土。"

该死，脱不下这身皮囊，我就走不掉。

安娜只不过想要一个完整的家，就那么难吗。安娜就是个孤儿，从来就是一个孤儿。安娜早知道他们貌合神离，是强弩之末。直到安娜大学毕业，他们终于散伙。然而，他们的秘密并没瞒过当晚。这晚，比任一晚都深不可测，安娜放学归家，爸妈已然安睡，安娜匆匆收拾已毕，躺下睡觉，合上眼睛，却怎的也睡不着，快睡着时又被饿醒了。无法抵御的饿犹似猫爪挠啊挠，安娜不动，也不敢吭气，肚子不争气地叫。屋里阴暗、潮湿，窗外的月亮莹白透彻，圆圆的，大大的，好想咬一口。安娜憋不住，赤脚下床，翻遍厨房，连虫砸也没有。她又把客厅的抽屉、柜子兜底翻过，啥也没有。只搂出个盒子，打开来，趁月色瞧瞧，她又咕咕叫了。没有饼干，都是一堆证件，毕业证、结婚证、驾驶证，有个绿色最鲜艳，跳给她看，它叫离婚证。安娜一度不识它。她认出日期是今天——今儿上午他们刚办的证件。她的肚子又咕咕叫了。窗外，银装素裹，月色迷人，星星在说话：真个神仙放屁，流星坠地。安娜只想吃鱼，家里连虾米也没有。安娜不信，到处翻。大伙说，鱼找鱼，虾找虾，虫砸找虫砸。安娜更不信。武松不是虫砸，安娜也不是鱼。然而，武松曾有过一条鱼，养在可乐瓶里，薄薄的沙，青青的水，安娜每次路过都看到它吐很小的泡泡，一二三四，浮上水面，仿若池塘，轻轻破碎。黄鹤很喜欢这条鱼，整日端瓶肥皂水与它比赛，看谁吐得泡泡大，他总赢。时日一久，黄鹤便腻了，趁武松不在给鱼儿换一缸肥皂水，看更多更大的泡泡从小鱼体内冲出来，一层包一层，那泡泡甚至大过鱼缸，撑破教室，大于了人世，其时，同学们无一不给养在泡泡里。第二天，那条鱼便死了，武松把它晾在窗台上，晒在太阳下，刮掉鱼鳞，像死了一块肥皂。安娜找不到鱼，看不到虫砸，走来又走去，一脚踩到钉子上，脚底咕咕冒血。瘸腿来到卫生间，打开水龙头放水，冲掉血迹，直到卫生间的水淹到脚踝。洗手时，她又把两双白鞋泡进洗手池，使劲把肥皂搓在鞋上，她想把四只白鞋的白给洗掉，搓黑，她不停地搓，那白却越洗越白。她边搓边哭，手都给搓烂了，手上的血把池子都染红了。直到把肥皂打落在地，看到这个干涸、失水的肥皂潜进水底，安娜呜呜哭起来，有那么一瞬，她以为这块肥皂差点要活过来。哭到泪干，安娜包好伤口，擦净地板，再也不饿了，拖着肿胀的脚回到卧室。她和衣躺下，闭上眼睛，看到父母纠缠的身体。

爸爸和妈妈，这俩脱得精光的贱货，再也穿不回他们的衣裳了。

如是尔闻，她还以为梦见一头熊，被一口舔去半张脸，血流一地，整个房间无不是红。安娜知道那个钉子不但扎疼了她，也把脚底扎漏，把她的人都流尽了。安娜不知道的是，安娜踩上钉子的当儿，即二〇〇六年十一月七日凌晨一点十二分，曹县北城地带有颗流星坠地，并把柏油路砸穿一个足球大小的黑洞。安娜毫不知情，甚至连脚也缺了疼，好似她没踩上钉子，而是一脚踩到了上帝的尾巴。

七天后，爸爸送我回学校，临行前伛偻着腰，频频回头，我即刻想到武松的父亲。马文曜那颗硕大的头颅，一开始并没那么大。他脊背挺直，肩个蛇皮袋，仿佛驼背的老妪。你若仔细揣度这张脸，性情刻板、饱经沧桑、精疲力竭？没人看得透。马文曜每天由城北出发，经转停刀口，一路到此。他每天都来这儿，先登楼上到 2 单元 301 室，敲响房门，吃个闭门羹再下来，静静坐在小区空置的椅子里，脚边趴个蛇皮袋，还有一台皮筋捆扎的收音机，FM101Hz，开腔拖一尾京戏。这本是熟人社区，突地闯进一个生面人，总惹人侧目。人们一扎堆，蜚短流长，小区一带日趋荒凉，余下空落落的石凳砖椅，等待寒冬栖息，阴影藏身。他每天冒雾前来，一坐下来，所有楼房站起来，几番露珠挂脸。大伙怨声载道，几位青壮年冒失地请他离开，他冷眼看楼房窗户无不闭着，一步未挪。第二天，有菜叶和鸡蛋从楼上砸下来，摞得满地皆是，仿是窗户都掉下来的分量。他坐在那里，仿佛有盏灯亮在身后，挺直的脊背动也未动。经些时日，他终于没再来，人们以为把他打败了。“他终于停下了。”人们想。待到太阳西斜，雾霭再起，马文曜竟打街道尽头出现，一瘸一拐地走来，细小的脖颈支着那颗硕大的头颅。马文曜刚坐下那张椅子，整幢楼都提口气，待他抬头，人们看到，他的脸肿胀得不像话。今天，天还没亮，马文曜照例起床出门。这阵儿万籁俱寂，冬天倒扣大地，夜色尚密不透风，跑不出半丝冷，进不来一口气。转过街角，他掏出鸡巴抖尿，撒一地星星，磷火似的闪动。这当儿，他眼前一黑，给人兜脚抄进麻袋，架上一辆机动三轮车，发动马达。马文曜听到好一阵嘎嘎乱响，抖得他直哆嗦。他们把他拎进沙砾遍布的枯草丛里，杀气腾腾地揍一顿，施展完便逃了。马文曜听见他们喊叫、愤怒和争吵，骂他畜生，猪且不如。他身上脸上每挨一下，好似响一颗炸雷，脑袋里的，红色，蓝色，黄色，白色，黑色，一发都迸出来。他不知道他们是哪个，看不见他们的脸，却知道是哪些脸，满腔满耳都是京戏。在此之前，马文曜曾拨转电台搜索频道，被一首歌骗了听，以为是京戏，不争气地哼唱，这唱句是：

蓝脸的窦尔敦盗御马
红脸的关公　战长沙
黄脸的典韦
白脸的曹操
黑脸的张飞　叫喳喳

五色的油彩统是他们的脸，一股脑儿全泼他脸上。他挺在地上，也不动弹，大地在他身下冒烟，不安地颤抖。他们怕他死了，不解恨地再踹几脚，才直奔北门，“突突突”一道烟逃了。伫立三楼窗口的安娜，把近日所有的马文曜尽收眼底。直到马文曜一瘸一拐地走来，安娜脚下不为人知地抽一下。她想到那晚，又想到昨天假作委屈，因为妈妈狠骂她一顿，骂她是婊子。安娜承认的一刻，身轻似燕，狠狠报复了父母。不仅如此，今天她还要报复自己。晚饭之前，她偷偷溜出门，来到马文曜跟前："你找我？"马文曜问："你是哪个？"陈安娜说："我是陈安娜。"好似扒开芦苇，黎明来到眼前，马文曜娘儿们似的向后挪，他说："我只是要看看你的脸。"安娜看到他的脸肿胀非常，细细的脖颈支着硕大的脑袋，令人担忧，马上要给压折了。马文曜走不远，频频回头。安娜一再看到他的脸，并仔细揣度，安娜突然害怕了，正值傍黑，她看到马文曜的脸几乎化进颗颗粒粒的夜，被夜剥皮剔骨了的脸，没皮没骨得只剩一张鬼——一张鬼脸。马文曜走时，脸冲夕阳，长长的影子费劲地巴住安娜光光的赤裸的双脚。那间那刻，正当晚霞殷红，太阳像一颗被鲜血泡胀的猪头，挣扎几下，好似永远浮在地平线上了。

二〇〇六年十二月三十日这天，有两件大事发生：

1. 伊拉克前总统萨达姆被绞死；

2. 有不明飞行物造访地球，曹县西北申楼镇上百人声称亲眼目睹外星碟状飞船突然降临，螺旋下降，人们拍摄了照片或视频上传网络，菏泽电视3套曾专事报道。

这两桩事毫无瓜葛，有人偏要绞一块儿说，外星人是为救萨达姆而来。这俩事无一不非同小可，风头却给武松出狱盖住了。人们再见到武松，他像荒野中暴露的人骨，以害羞之名低下了头。

有关武松出狱，很多人说是马文曜穷尽家财买通人事；更多人说是马文曜说服安娜改口，撤销状告；也有人相信武松从没做这桩腌臜事，比如老桩。

武松释放当日，我尚不知道。白日里大气晴好，黄土晒天，夜间却撒了大把雪子。我按约定时间找到老桩，到了他家才了解，老桩爸妈早死了，只与白内障的姥娘为伴，靠乡下三叔接济度日，三叔名叫老三根。他家院子种满了大树小树，枝叶凋零。我直奔堂屋，老桩正坐在椅子里，像跪下的一棵树。屋子里堆满了大大小小的陶罐，罐子里栽种各色小树苗。二十年后，我还常来找老桩，那会子他已不种树，改行卖陶罐，因为种一棵死一棵，罐子给掏空了，又舍不得扔。这天我临走，他特意送我他最喜欢的陶罐，里头栽了棵枣树苗。我带回家没仨月便死了，现今陶罐还在，空是空了，我常摸摸匝匝。这个陶罐泥坯时捏坏了，烧制歪了嘴。它一直待在屋子里，从没出过门，也不知有什么用，到现在没扔掉，可能是忘了。每次做爱以后，我渴得很，一时找不见杯子，抓它舀水喝，如牛马饮槽。它看上去比先前大，有脑壳那么大，再喝一口，茹毛饮血。为此，罐子湿了很久。“里面在下雨。”我想。再见到它的干涸，我以为是干燥剂，里面装了半罐黄沙，沙漠一般壮丽、广阔，它卧在桌子上，像一具瘦死的骆驼的尸体。老桩管它叫储景罐，到这会儿，我才记得它的名字，即刻牢牢地抓住它，就跟有人一喊我名字我便像被人用绳子套住脖颈、勒紧咽喉一般。年近不惑，我才变得跟老桩一样是个傻子了。

我问老桩猎枪在哪儿。他领我进西屋，大掀门帘，武松赫然端坐床侧，赤脚叉住煤炉。窗外寒风呼号，玻璃瑟瑟发抖。我即刻知道受了骗，不再躲闪，直把眼睛也看进武松的眼睛里去。武松目光炯炯，架在鼻梁上的眼镜失了镜片，只剩框架。其时，我不能不忆及我们相识。那会子我们未曾说过话，一到课间，武松常蹲踞教室门外点炮仗，爆着响着。好些人拢上去，我怕得很，长长地躲在门后。嬉戏总无度，炮仗不老实，端好有一株崩碎我眼镜，差点炸瞎我的左眼。炮仗的碎屑点点滴滴，如斑斑血迹。武松领我去大明眼镜店配了一副新眼镜，重新戴好，世间像被水重新洗过一样洁净。我们便如此相熟了。这回再见，我们比相识之前更生分。武松的目光再次打来，像落在篱笆上的月光，进不到院子里。

是的，武松笑起来，伸手叫我。然而，有什么变了，灯光更盛了，是老桩扯进来另一盏灯加了亮，武松的影子再也罩不住我，而我的影子整个都洇进武松身里去了。

武松说："你要猎枪做什么？"

我说："不做什么。"

武松说："老桩那管枪年头太久，远坏了。"

我说："枪再坏，也没人坏。"

武松说："一路上我丢了一块钱，一块硬币。"

我说："也不过两桌台球的时间。"

武松说："你也不信我。"

我说："我信不信有那么重要吗？"

武松说："我今天叫你来，是想求你原谅。"

我说："原谅你做的事？"

武松说："原谅我没做的事。"

我说："你做了什么，又没做什么？"

武松说："从我被关，便被困在里头，找不到门，无论往哪个方向，都有一堵墙横在眼前。我什么都看不见，各处是腐草味儿、水泥味儿和干屎味儿，我缩在草荐子里，不敢稍动。每天晚上我都会梦见老鼠，一只只老鼠横过我的身体，爬上我脸庞，出于恐惧我一把把摔上墙。第二天醒来，我总是吃很少的东西，甚至喝不下水。我站不起来，也走不动，把爸爸送来的褥子裹身上，双脚冻得冰凉。我不知道被关了多久，一个月？三个月？还是半年？我记不得，我只记得老鼠，每天晚上我与它们的战斗都异常激烈。幸好我还有朋友，两个警察朋友，尽管他们每次提审我，都不随和，更谈不上公允，总算有商有量。我哆嗦着身子，不敢承认，更不敢否认。他们也模棱两可，不好盖棺定论。僵持久了，我以为我是个死刑犯，回不了家了。直到他们打开看守所大门，放我出来，我还难以置信，想是世界末日了。我走了很久，柏油大道、夹斜路、窄巷子，个个不落，那堵该死的墙还横在眼前。看看阴沉欲雪的黄昏，一切皆是黯淡。行将到家，我既兴奋又害怕，不知道怎么办，疑心哪里出了错。熟悉的砖瓦和家具，像雪山扑倒了我，这会子我才好受些。该死，该死的墙还在。我花了好大气力推开门，用那整整一堵墙打开一扇门，也是那整整一堵墙便是一扇门，走了进去。你为啥子这么看我，你也是猫吗，你也觉着我是毛线团吗？”

我说：“你做还是没做？”

武松说：“原来你跟其他人没两样，只在乎这个。”

我说：“你没做你支支吾吾，你没做你不说，你没做你顾左右而言他？你这个骗子。”

武松从大狱里出来头一夜，剖明心迹，直到翌日拂晓，他才疲倦离去。这是我们最后一回相见，一抹晨曦勾出大地的轮廓，武松瘦弱的背影打地平线上慢慢变小，远处铁厂巨大的铁塔还伫立天垂，宛若大地晨勃。事实是，无论我信与不信，这桩蹊跷事事发那晚武松什么都没做，事情出在安娜告发武松的第二天晚上，即是武松遭到逮捕的头一天夜里。

这一夜，是搁在华北平原上的一块无所事事的夜晚，雪没化透，风还在吹，天空清澈得像给人兜底翻过，大月亮吊天上，是他妈抠下来的眼珠子。武松避在灯笼庙有两天，渴了吃口雪，饿了便念经。啥子经？黄鹤亭嘛。武松诵出大半，卡了壳，掏出字条瞧一瞧，还是记不起，便把字条团成一团，想几想，又小心展平，如是反复，终是一口一口吃了掉。武松从头再来，诵至“凭栏莫望长江水，几番王侯空悠悠”肚中绞痛，岔了口，再也记不起后面的文字。愈是发急，愈是忘净，武松瑟瑟蹲着，愈想愈恼，把此归到安娜头上。武松一不做二不休，当即出门，月亮的光落进庙院，照得到的是白，照不到的是污，庙院因此像个抛却荒野的马的颅骨。武松一脚跨出门来，庙口是双扇木门，庙内是宝相庄严，这入口才狰狞可怖，门边照例是哼哈二将，两尊门神眼珠子一瞪，一个张口，一个闭嘴。无论进门出门，开门即吵架。乡野村妇一样掰扯不开。“你看我做什么？”“你不看我怎么知道我看你。”“我明天就走。”“得了吧，你天天这么说。”“我去喝酒。”“我去打牌。”“你走不走，你不走我走。”“我不走你也甭想走。”“哼。”“哈。”

将近夜半，阒无一人，武松来到安娜楼下，徘徊一阵，小城蒙上一层青光。武松爬上树梢，枝杈做跳板，攀上三楼，真高你可真高，悄悄别开窗户，安娜的卧室进了他的身，蹑手蹑脚走至床侧，安娜正睡得恬静、安详。武松掀开被褥，无甚动静，再掀一层，安娜摇曳的身姿乍现，仿似要腾空而起。

安娜正睡着，被一阵骚动惊醒。这时是敲打玻璃的声音，安娜四处察看，是风在晃动窗户。敲打声再次响起来，窗户在求饶，求安娜放它进来，风跑哪儿去了。寒冷的北风从下午就开始刮起，刮个不停，到现在都半夜了还在刮，丝毫没有停歇的意思。风又从哪儿来，你想过没有。大风不是从外头，刮到窗户外面这里，晃动窗户，到窗玻璃上停止的，恰恰相反，风是从窗户里面起始的，从窗玻璃上像是长头发疯长，长出长长的风，一直伸进屋里来，拔头发一样拽得窗户疼痛、颤抖不止。安娜尚没来得及怕，以为是风儿摇动树影，揉揉眼睛，树杈子好端端静着，诧异地呆了一会儿，周身被冻得酸冷，听到窸窸窣窣的响动，一团琥珀色的人影攀上来，这才辨出是人的德行。瞧见武松，安娜悚然一惊，待要喊时，喉咙却嘶嘶冒气，没个声子，拼命向外挣，挣不脱，只能粗粗蠢蠢地喘气。一股股寒气冷扎扎袭来，安娜这才恍然，衣裳早给剥净了，脑壳子胀呀。

武松剥净安娜的衣裳，雪白的身子，打开在全世界面前，可全世界都不是它的对手。这裸的身仿佛泼出的很大一罐牛奶，在床窝里抖搂，翻翻滚滚的，衣裳啊，被子啊，褥子啊，浸也浸不透，裹也裹不住。到这儿，我想说说武松曾见过的一匹小公马，这匹小公马倏忽蹿到跟前，刨出两根锁骨，一耸一耸地喘息，好容易爬上高耸的山峰，山巅直颤，再落下去，如坠云间，小马一路坦荡，深到腹地有一目泉眼，存一汪月光，荡一叶扁舟，落一片白雪，温润有亮，小马低头饮水，再向前推到腹下，分作两股，犹疑再三，小马歇在当中间好一派辽阔之地，一小阜高而有崖，是平为冈，发密密匝匝一丛晨露蔓草，寂静无上。马儿不惊不惧，给钟声吓着，嘶鸣一声，仓皇逃了。武松瞧得痴了，一气不吭。钟声铛铛铛把武松敲回来，时辰正好，但见武松攀上安娜的身，掀开上衣，露出肚腹，从腰间摸出一把明晃晃的刀，抡出一个圆，一刀劈了月亮做两瓣，一半掉进水里头，另一半吊在后半夜里，这个晃荡了好半宿的月亮牙子呀，你要不信，去河里头瞧个究竟撒。安娜曾多次回忆，始终搞不清武松事先把刀藏在何处。就着月光，安娜瞧见武松左腹的刀疤，闪闪发亮，安娜分明瞧见武松从这刀疤里抽出的这把刀，像是从肚里抽出一根亚当的肋骨那样，轻而易举。武松倭下身来，像一件洗得发白的牛仔裤褪至安娜的腿间，遂念：我们在天上的父啊愿你的名为圣愿你的国降临愿你的旨意行在地上如行在天上我们日用之饮食今日赐给我们感谢你借着你的爱子耶稣的宝血遮盖并洗净我们所犯的罪啊哈利路亚不叫我们遇见救我们脱离凶恶因为荣耀权柄国度全是你的直到永远祷告奉耶稣之名阿门。而后，按刀去割安娜。武松这把历经战火与西瓜的刀子，一刀一刀地割下一绺安娜浓密的阴毛，许是刀口不利，许是方法欠妥，老是割不断，武松想到小时候，喃喃自语："小时候我没见过马，老想要一匹，四个蹄子一翻跑天涯。没得马，老唱这么一歌——

马儿跑，铃儿摇，别把大道走尽头。马儿跑，铃儿响，我想看你看不够。马儿呀，快些跑，天高路远哪里去。马儿呀，慢些走，我想追你追不回。麦浪层层翻滚，拎把镰刀下身；撂倒一捆麦子，留下一只马蹄。我要从早割到黑啊，割出万马奔不息。一匹马儿跑一颗子弹，砰砰砰击中的我，应声倒地的我呀，等待星星坠落地，等待群马过了身。夜晚盖不住大地，月亮牙子挂了天，人们看是看不见。天地不仁没处跑，砍头只当风吹帽。”刀口犹如吝啬的狗嘴一小口一小口地啃下安娜一撮阴毛，这撮毛发一落手，蜿蜿蜒蜒，闪着幽光，缓缓地顺畅地滑动。武松笨拙地割草时，安娜的身体高潮般颤抖，周身旋起无数细小的颗颗粒粒的快感，喉管断断续续发出一串令人心荡神怡的痛苦的低吟。事一终了，武松跳窗而逃。

武松一路跑一路怕，月光被街旁左一棵右一棵的老槐蓬住了，一条条虬枝峥嵘，余下的月光稀稀拉拉地照到硬实发白的街道。一路照来的月光东黑一块西黑一朵的像条断腿的老狗，一瘸一拐地向前奔去。武松出了城，过了河，到一地阔达，平原草树尽没眼底，茫茫然四顾，寥廓清野起了梦，雾汽蒙盖大地。

武松说，他之被放，全赖医生给安娜做了检测，安娜仍是处女。以前是，现今也是，说不定将来还是。不论临死，还是逃亡，武松终究忘不记安娜光光的身体，安娜那遭到剃度的、受到惊吓的私处，像个剥光的禁欲多年的寡妇埋在角落里瑟瑟发抖。

言及武松释放当晚，打开家门，把嘎嘎大雪留在外头，走了进去。当夜，万籁俱寂，武松进屋头一眼看到马文曜躺在床上，肿胀的脑袋做着梦。问及邻居，他们拒不开门，武松再三追问，他们支吾一阵，才道真情。武松只觉寒气直逼后背，掉身便走。刚出胡同口，他战栗不已，坐在石马上笑将起来，笑得眼泪长流。游目四瞩，灯火煜煜，小城统被大雪洗劫一空。武松周身血液沸腾，折回了家，马文曜依是做着梦。武松洗净脸，喝下半杯水，吃掉残羹冷饭，提刀便走。他要杀了那一窝贼人。然而他要杀谁？举目四望，他竟找不到一个敌人，还未动手，他已先自败了。武松一步不停，眼睛充血，手里的刀子，寒光闪闪，好似死神步步紧逼。一路走来，转进停刀口，脚下一停，武松沉默片刻，转脚回到玉龙桥上，把刀丢进河里，玉龙河为寒光一剖，断成两截。武松则浑身湿透。待一切沉静，夜气迷蒙，武松站一会子，跺一跺脚，双手抄进袖筒，往李富强家走去，刚到他家门口，转身望望世界，这个白茫茫的世界美得好像一只不会化的冰淇淋。

武松改脚便往老桩家去了。

及至武松释放第二天，上学比谁都早。他坐回李富强的座位，没人与他说话，更没人挨近他。他周遭全是空位。与之相反，安娜那儿照是空位，被同学们紧紧围困。武松上了一天课，上午一晌，下午又是一晌，早晨则是一顶死人的帽子。窗外风声呜咽，武松盯着课桌左上方的一块刻字，好似掉了翅膀的蝴蝶一般丑陋，扭动。他伏在桌子上几乎睡着了。晚饭过后，武松低垂了头，好似把脑袋别在腰际，走过校园，同学们纷纷给他让出一条人缝，甚至连墙壁也怕得退出一丈。整个校园鸦雀无声。武松来到学校后头的白桦林，寒风凛冽。夜色四合，月儿挂梢头，他没感到冷，薄雪闪着星光。白桦树身上千只眼睛盯着他，他也一只又一只地去盯。有时他看看时间，又兜兜转转。石人、石马的脑袋被人敲掉了，翻倒在地，无语望苍天；石狮、石象、石牛和硕大的佛头，安稳地待着；它们耐心地等待，他也耐心地等着，等来一把要人命的刀子。据说凶手不是一人，是所有人，按传言，从学校或其他地方出发，一路到白桦林，连排站的，全是凶手。数学老师说，这是个无穷数列，第一个凶手把刀子递给第二个凶手，第二个凶手把刀子递给第三个凶手……第 N-1 个凶手把刀子递给第 N 个凶手……最后一个凶手接刀杀人，武松一命归阴。武松眼望着那些石像仿佛要奔跑，他的脑袋垂下来，身子硬僵僵的像石头。

这起“2·01”血案，市局刑警队动用警力上百，耗费半年，地毯式排查，毫无线索。时日稍长，卷宗束之高阁，为小城一大悬案。武松的尸体也作为证物寄存殡仪馆冷冻室，无人问津。九年以后，我早大学毕业，也工作、结婚。这一年接连三天发生两桩怪事，说来，两个搁一块儿才叫怪，因为一个凸一个凹：

头一桩，是马文曜征得刑警队同意，把武松的尸体领回，当晚偷偷土葬；

第二桩，本地有个男子夜半刨坟开棺，割去一具死尸的头颅。

第二桩为人发觉报警，把人押到局子，投进号子前他低着头，翕动了嘴唇，只看自个赤的一只脚。警察问："鞋子哪儿去了？"他困惑起来，脸扭向一边，喃喃说："那晚下了雨，割了好多下也不行，换个姿势才好些，我该换把斧头的，跑得又急，走丢了一只（鞋）都不知道。"警察又问："为什么做这事？"他望他一眼说："你死过吗？"他脸面萎悴，摇摇荡荡好似一株芦苇，轻轻说："这么些年，他总跟我，吃饭跟着，拉屎跟着，睡着也跟着，就他妈不跟我说话，只跟着，我早杀了他，他却还没死透我只是割了他的喉咙我没杀死他我就是要杀死他我就是要割断他的头可是我怎么都割不断我就割啊割啊割啊割割啊割啊割啊割啊割的怎么也割不断他却还没死透，死亡在他这儿只是个小池塘，才淹到他脖子那儿。"

这是两桩毫无相干的事，倘若这俩尿一壶，我便讲给你如下故事：

警察听了那番话悚然一惊，上报市局，经了审讯，他便是杀死武松的凶手。他把武松的头颅割下，抛给一辆西瓜车。货车途经此地，载有密密麻麻滚圆的西瓜堆积若山，仿佛装满夏天的秘密，同武松的头颅，开往哪里都有可能。这头颅就此消失，再也没见。那一晚，武松才咕咚一声真就死去，像没入水下的一块石头。

凶手咧，名叫王建国。我不知道王建国是谁，为此，我专程去学校查找花名册，发现我们班有两个王建国，这名字太普通，我从无记得这两个王建国是哪两个，好像他们不曾存在。谨慎起见，我又挨个查了当年学校所有班级的花名册，有十三个王建国。我不知道是哪个王建国杀了武松，更记不得，记不得王建国的脸，连王建国这个名字都毫无印象，好像全世界的王建国无一不是凶手。我很想去监狱看一下凶手王建国，却又一再推诿，直到他被枪决，连查阅资料都不曾去。我怕见他，不见他我也知道他是王建国，我们每个人也是王建国。王建国这么多，我不想知道是哪一个；就像人有这么多，我哪一个也不想是。

马文曜给武松归葬，除却入土为安，还信奉另一则迷信：有多少身体生根发芽，便有多少头颅破土而出。

如今，武松失了头颅，无论今生或来世，再也活不转了。马文曜为保武松金身，摘个葫芦，去庙里开了光，插上武松尸身，权作头颅，捡个黄道吉日，重新下葬。

以上五百字真假若何，很快便有结局。除了十三个王建国，使我确凿无疑的是——我只听到武松似若念经：“原谅我吧原谅我吧原谅我吧……”

可我想念的只有安娜。啊哈，安娜，这个该死的婊子，是我的淫荡，是我的恶毒，是我恶的源头，是我失去王位的王国，这该死的婊子。

我从此再没见安娜，据传她转学市里去了菏泽一中，继续上学；又传言她父母把她送去纽约（New York）或尼斯（Nice），她的名字远比她更能适应国外，人却终日郁郁寡欢，再无音信。安娜为什么要诬陷武松？这事我听到诸多传闻，也琢磨了一辈子——她爱武松，却羞于出口，在我们这个屁大的小城——爱比失贞更令人羞耻。

“不，”我说，“我不原谅。”

我从不怀念武松，他不是我朋友。在所有同学中我是最笨的，没有朋友，没有敌人，什么也没有，连只鹅也没有。我不会游泳，这只没有的鹅最喜欢漂在河里或者池塘里，鹅掌很浅地吃水，脑袋深深埋进水里，水在它四周波涛起伏。我喜欢赤了脚跑，除非要坐车。有一回我挤上一辆人多如蚁的公交车，一堆男女在说话，从外头看车子像只说腹语的鹦鹉。每回到站自有人上下，人们更挤了。有个男人说着说着突然大叫，女人咯咯笑起来："你叫得像是有人踩到了你的尾巴。"这只鹅就是我的尾巴，老跟在我后头，追我，咬我。"滚开！滚开！"我吼它。它更凶狠地嘎嘎大叫，一旦靠近我，它伸长了脖子在我胸口和大腿上摩挲。它追我过夏天，我追它到冬天，此时，天上正值下弦月，我很烦恼，我对一切夜晚发笑，它嘎嘎大叫。直到我穿了一双双星牌球鞋，跑得飞快，这只鹅就再也不见了。我不知道这只鹅是不是死了，我再也没想起过鹅。后来有一天，洁白的球鞋脏得不成样子，我就穿了拖鞋拎起球鞋去水池。很遗憾，把鞋泡进水里很久，我才发现一支鹅毛死死粘在鞋底，弄也弄不下来。后来整个曹县城深陷一场白茫茫的雪里，我开始学会堆雪人，并且找来一只红萝卜插到它的脸上，当作这只雪人的鼻子。随着天气越来越暖和，每逢上学我便看到雪人变小一点，慢慢一点雪人的样子也没有了，待到最后一捧雪化掉，我再也找不见它了，那只红萝卜也好像化掉不见了，来年落一场最大的嘎嘎大雪也没用。

我更想念那辆 701 公交车。我坐它不下百回，每回坐在临窗的位置，都要看一遍窗外的风景，每回都能过一遍房屋、电线杆还有人，并一再想见。我只愿这辆公交车每天都能按时出发、结束，风雨无阻，从无越轨。我想我是个安于现状的人，无有意外。车里总会有坐个把怪人，令人起疑。他不是一个人。他们是两个人，坐在我后头，年纪与我一般大。他们一个叫阿猫，一个叫阿狗。我厌恶这种人，但我更难过，于是我提前下了车。

我下车既不因为厌恶，也不因为难过，而是，我再不想坐这趟车了。今天太阳高照，下车走出三步停了住，我以为是游戏币，近看是一枚壹圆硬币，弃在路边，闪烁浑浊的光，像刚下的一泡精液。武松曾告给我他的爱情，那时我没懂，现在也不会懂，将来也不准备懂，武松与我讲：

“那天我在 701 公交车里遇到一个姑娘，她就坐在我对面。姑娘长得也许不那么漂亮也不那么好看。但我没法把视线从她身上挪开。看她一眼我就知道我爱上了她。这便是一见钟情吧。可这爱多么无力。我看到她就那么坐在我对面，不说话，也不看我。姑娘的坐姿、呼吸和不说话都不甚得体，我甚至有些厌恶。这些都挡不住我爱她。她坐在公交车的座椅上，大腿夹着，由膝盖开始，小腿歪歪斜斜地岔开，像是坐在马桶上，我甚至听到了屎尿落水的声响。再这么看下去，我看到她裤子上破了洞，那洞还越来越大。甚至大过姑娘的身体，也将大过公交车了。待她看我的时候我知道我爱上了她，我也尽情去看她，我更知道她也爱上了我。然后我们开始相爱了。但是，我们却无动于衷，仿佛从不相识。”

正文〇

水大漫不过鸭子

那是在仲秋，天还没亮，暴雨也没耗光，密密蒙蒙的气派活像一头熊瞎子。黑咕隆咚一口窗从满屋子的灯光里舀了一瓢橙黄泼出来，浇出一块四四方方的大雨如注。急煎煎、火辣辣的雨线筛糠似的发抖，纡尊降贵的雨脚砸在柏油路上，一个个惊艳地爆炸，犹是一群野猫欢快地伸开爪子抓挠又跳跃。雨水哗哗下，够响也够大，全被吃进地里头，竟然渗不透这夜。这当儿的夜与天亮虽是一线之隔，大雨却在天亮前骤然停下。这头熊即使撞不破也嘭嘭撞扁了它，使这夜只剩下无限逼近透明的薄薄一片，仿佛一层塑料薄膜任大雨恁地撒泼打滚也渗不进一滴到天亮。几乎是雨住的当口暴露在外的灯光也被从天而降的黎明扑杀了。静静的黎明，逶迤西行。待到太阳破了土，白昼才犹如炮火一路高歌向西进发。

鸟鸣乱打树梢头，枝丫发了疯。阵阵晨风窜进来，在我脸上舔个凉。进到家门，马冬雨蹲到压水井边玩，弓了后背，粉色上衣离开裤腰的松紧带，露出弯月似的白皮肤。过了干净得发亮的院场，他进了堂屋，撩起布帘，移开椅子，站到床边，桌上敞摊着数学课本，右手页的第7题用铅笔画出三角形的标示，一支铅笔的一头压着它，另一头搁在作业本上，作业本才写两行歪扭的字，是抄写的第7题。铅笔头（尾端不少牙印，以至于漆皮剥落露出原木的颜色）、橡皮和刀子。刀子并非文具，刀子就是刀子。还有《语文》《自然》和《思想与品德》。我掀开被子，没有。床底头就剩破旧的蛛网。发黄的白石灰墙壁，屋顶的苇栫压在根根排齐的椽子上。我突然拿起刀子放衣兜里，跳到院场。

马冬雨鼓了腮吹水盆里的纸船。水纹一皱皱地敲打水面与水盆壁的交界。我双脚叉开，手指弹了纸船。马冬雨的鞋底已湿透，她说："你别动它。"

"爹还没回来？"我问。

马冬雨鼓腮了很长时间才说："没瞧见。"

“问你个事。”我双手敲盆沿，“嘭嘭”的颤音发动了铁盆子。

“我忙着呢。”马冬雨说着双手握盆沿，拇指浸到水里。

“你用过我的枕头没有？”我猛地抓住马冬雨的右手腕，光滑嫩白。

“你放开，”马冬雨甩胳膊，“我才不用你的枕头，”她又皱鼻子，“好臭。”

“没用你怎么知道它臭。”

“本来就臭嘛。”马冬雨说。

“说实话，”我将手伸进水里，挡住纸船，“你拿我东西没有？”

她抬头认真地望我。我看见——她的脸上沾满小水珠，也不落下，轻轻摇头时竟能反射细微的阳光。她说：“我拿你的东西干吗？”

“一本书，当真没有？”

“没拿。”马冬雨不停地摇头。

“你要骗我，”我退了一步，站到阳光里说，“看我不杀了你。”

我都走出很远了，才顿住脚，大喊：“马冬雨，你又撕了我的课本叠纸船。你再这样，看我不撕烂你。”

马冬雨朝着我咯咯地笑。她的笑比阳光还要明亮。

姥爷又在哼哼唧唧了。他双颊凹陷、耳大若驴，枯瘦的身子像一条干毛巾搭在椅子上，奄奄待死。我们像是繁茂的野草肆意攀爬。不承想这个清脆、迤逦的早晨是个媚骨难训的风流娘儿们，又掀来一阵风，撩动我裤摆，烘动我春心。我问：“姥爷，你说啥？”姥爷只是嘎嘎乱叫。我眉头略蹙，瞥一眼姥爷，斥道：“别再管你的猫了。”

姥爷说：“去踹树，有惊喜。”姥爷该是温顺的，脑袋歪在一边，他把帽子像戴帽子那样戴了一下，戴了又戴，浑身打着战。他蜷在椅子里看我一眼，像一只形销骨立的狗，又舔了我一口。他由口袋里摸出个小小青蛙。“去吧，”姥爷说，“嘎嘎，去吧。”我才不管哩，一把抓来扔到上学前。

马冬雨只比我大一岁，因为小时候高烧烧坏了脑瓜，所以不用上学，好令人羡慕。

昨夜又是一阵折腾。这条街好似几近干涸的溪水半死不活地往前淌，我走在有气无力的街上，身披阳光，太阳不紧不慢地跟在后头。街边几只羊，若云梦泡影。天空纵横的电线则好似爬满了蜘蛛。终日忙碌的村人门洞大开，屋顶的烟囱里冒了烟，烟又从烟里冒出，袅袅不止。今天正是赶集时节，没有这人声鼎沸，哪遑论蒸汽缭绕。连杀鸡宰鱼也一齐闻上声来，鸡毛倒好办，偏偏是撒落的鱼鳞仿若敲碎的流水处处留情。直至来到拱桥下，所谓流水洗流水，鱼头咬鱼尾。然而李富强却说他从未杀过鱼，此乃事体由来，于是他跟我干了一架，一拳把我揍趴了，我则像个娘儿们一样哼哼唧唧。经过是这样的。

穿过市集，走上一里柏油路才遇到一座桥，下河探明水深有几许，捞一条鱼儿搁上岸，啥也不做，任它死命地扑棱。一经拐弯乍见三间上等砖瓦房，此时最该一步不停去学校，却被一个“嗨”字刹住脚。李富强三步并作一步，像是憋坏的一泡尿滋过来。他硬要你跟他玩打仗。因此划地为城，模拟战场。我做皇军固守城池，你是共军发起猛攻，我们于城下恶战。我们杀得天昏地暗，到处是炮击密不透风的呼啸声，一颗颗子弹打进地里头，来年秋季收获一杆杆步枪。饶是李富强骁勇善战，也僵持有一年，于此，他拽个步枪冲上来。我仓皇出逃，被他一枪撂倒。一颗子弹像花生种进我的肉身，促其腐烂败坏，开出一朵死亡之花。有个路过的农民扛了锄头阴翳地瞥一眼我们的战场，他瘦长的背脊像一队吃了败仗的散兵游勇。太阳高悬天际，华北平原闪着钻石的光彩。我厌倦了总是死亡，遂萌生歹意。他又扣住扳机。

“你又没真杀过人。”我说。

“你也没杀过。”他反驳。

“我杀过鱼。”我说。

“杀鱼算啥，”他说，“我杀过猪。”

“我才不信。”

你们不知道哦，猪被杀之前是知道的，任你百般解数，越拽它它越后退，可怜巴巴地哀嚎，死不上前。好容易拽上去，放倒它，五六个人按结实，可不能摁着葫芦起了瓢。李富强扳起猪头，一刀下在脖子上，血刺呼啦地呀，立时喷出的一尺血，像是跃出一匹汗血马，一汩血一奔腾，两汩血三奔腾。“这都是我做的，”他问，“你又做过啥？”

忆及刚才那条干透的小鱼，像一只搁浅的小船，我摸一摸衣兜的随身携带的刀子，终是没敢掏出来，惶惑道：“我啊——什么也没做。”

“瞅你那熊样。”

“你当真杀了那头猪？”

“诓你是小狗。”

“那你也吃了它喽？”

“小狗？”

“猪，猪，”我说，“杀猪不就为了吃吗？”

“我没吃，”他说，“我给何燕吃了。”

“诓人，”我说，“何燕才吃不下恁些。”

这个愣头青叫嚷着追上来。我掉身就跑，可他没费啥劲地追上来，一拳撂倒我，干了我一架——这一架他打得严谨、认真，夯得瓷实，且深具慷慨赴死的自豪，却还是如同儿戏——所有人都知道，李富强明目张胆地喜欢何燕，毫无避讳，可所有人也都喜欢何燕。

何燕的容貌早是声誉鹊起，身材也详略得当，又是恬静好学、举止舒畅，脚下一双红布鞋像是一次蝇头红利，于我们的注视下走在过道里，一条辫子左冲右突拍打屁股。她的胸脯过早地发了胀，犹是两只受惊的小兽不安地探头。因此，她使我们中了邪，迷了窍，非但顾不上心旌神摇，连课桌也退避三舍，呆头呆鹅了。她还在走，稳当的步子是池塘，她像天上的月亮，从一个池塘走进另一个池塘。而我们的五脏却在体内燃烧，一次次火光熊熊，被太阳的饥饿借走，反哺给人的情欲连绵及世代流转。李富强把自己半尺见方的爱情折叠两下夹在她的代数课本里，无辜地与陈道国说笑。

“你饿不饿？”李富强问。

“饿个球，早上没吃饭？”

“吃了仨馍馍。”

“那还饿？”陈道国说。

“那馍馍真软和呀，”李富强说，“吃不饱。”

陈道国假意看不到何燕步进来，嘿嘿一笑：“你又摸不到，咋知道软和哩？”

“我就知道。”

“知道个屁哩。”

“哎哟，”李富强说，“我的手好疼。”

“咋了？”

“知不道，”何燕走来了，李富强还在疼，“好疼呀，知不道咋搞的。”李富强的胳膊抡了一抡，想把疼痛甩出去，没承想却被它们弹回来。何燕啊呀一声，慌张张绕个弯子，坐到座位上。教室一声不吭了，我们却没安分。陈道国的笑淹了眉眼鼻口。

何燕坐下不几天，王姝由代数课本里发现一封信。王姝只顾眯眯笑，灯管咯嘣咯嘣地一响，灯光蛤蟆似的跳啊跳的跳了好几下，才齐刷刷照亮了教室，眼睁睁刷白每个人，吓死个人咯，何燕更摸不清路数。王姝塞了信到她怀里。何燕打开一瞅，才知道王姝为何笑得五光十色，顿时满面飞红，臊得慌。亏得停了电，黑夜一拳闷瞎了整个教室，教室后头立时起了哄。真是蠢猪哟。然而，何燕出离愤怒，尽管这愤怒温吞似水，她还是把信告发了老师。她一贯的娴静与美丽，总是一笑倾人城。米兰则与之相左，只有她才能下令屠城，上课铃一响，米兰走上三尺讲台，目光一敛，齐齐割下我们的头颅，我们于底下一个个将脑袋搁在课桌上，听她讲课。此时已至翌日上午。下课后，米兰叫李富强到办公室，要一番训斥。李富强如获至宝，状若虎狼之师开拔，惹得一阵哄堂。未几，李富强耷着脑袋回来，还不安分，一双灯泡般僵化、饥饿、毫无热量的眼睛直盯着何燕的脊背。他说："那裙子破了洞。"这是件蓝底花色裙子，其时此话，我置若罔闻，后来才忽而愤慨，因为这是米兰的裙子。

昨天米兰穿了件蓝底花色裙子。许是曾于镜前反复打量，她的裙子过于得体。这只是猜测，女人的心思嘛，你莫猜。可李富强这傻大个却带个小圆镜到学校来，即使黄伟强和李宏利一例揶揄他是个娘儿们，他竟然也不生气。米兰授课已毕，布置作业，于过道里踱来踱去。李红芹举手问问题，这死妮子没脑子，总爱各司提问，米兰认真作答。阳光透过窗户亮锃锃打来，急于倾泻。李富强无端张望，嗅嗅阳光的味道，悄悄绑了小圆镜在鞋面上，那球鞋哟发黄又发臭，抻到了米兰的裙下。

李富强的诸多炫耀，有白色、黑色或是绚烂，为此还颇为惊异。我知晓他的惊异，那一回经了反射给我的是粉色，粉是撩开纱帐的一道缝，好似一刀捅进我喉咙，一棒捣碎脑仁儿，轰隆隆炸烂我的心窝哟。

如是因果，倒地之初想到此我一脚绊倒李富强，翻身压上，作拼死之搏，狠狠干了他一架。他揪住我推倒一边，我的两条腿绞上他的脖子，又扭打在一处，我们搂得那个紧呀，陀螺似的打着旋，止不住地翻滚，犹是犁铧作孽，土地翻腾。

我脸上挂了彩，李富强也好不到哪里去。我最后到的教室，蔫不拉唧走进来，腰上挎个书包，像别着自个儿的脑袋，鞋底在我后头留下一路无人收尸的脚印。这是一堂语文课，刘玉堂按例要我们背诵课文。周遭都是背书声，《社戏》里的一句又一句嗖嗖横飞，轰轰杂杂、如火如荼。我把脸埋在书堆里，打开课本，声嘶力竭地读，句句钉进墙壁里。没消多久，我已一字不落了。我坐在横梁的下头，有一万只蚂蚁爬上后背，四周啾啾嘶鸣，何燕朝我微微一笑，是蜜蜂蜇疼我的心，她又扭过头去，那条乌黑的辫子毫不费力地甩上肩膀。课桌上搁来一张字条。字条在说话。

她问："你竟然还要背书？"

我答："我为啥不要背书？"

她问：“你不过目不忘吗？”

我答：“我还一目十行嘞。”

她说：“吹牛。”

我问：“知道吹牛喽还信？”

她问：“下午是体育课，我们逃课吧？”

我答：“我不逃课。”

刘玉堂抽查好几人，没人背得全，却怎的也轮不上我。鲁迅的句子在李富强的嘴里磕磕绊绊，锯了好些豁口儿。教室里寂静得很，底下排排坐的人芽儿，是战战兢兢的鹌鹑，生怕被薅上来。这活脱脱地揠苗助长呀。

下午的阳光是一头小母牛，赤条条趴何燕肩上，也跟在我后头。隔着墙我听到他们在集合，过不久，他们开始打乒乓球了。进来一片杨树林，很多只眼睛只是里子翻到外面来。一根根笔直的树干把阳光一次次劈开来，秋风一过，枝叶哗啦啦剁碎了阳光，大团大团的蒲公英漫天浮动。蛐蛐的叫声好似蚂蚱蹦跶。出来小树林，登上山岗，回到田间小径，莫测高深的玉米穗一路扑打我们的头。走上柏油路才遇上来来往往的行人和拖拉机。整个镇子都笼在破破烂烂的绿气里，人们身上裹一层劳动的汗臭。我们走在其中，无所事事，这是我头一回逃课，像被扒光了走在街上，亏欠世间一件厚厚的棉袄。我们于河边坐一会儿，身下青草熠熠闪光，拍掉屁股的尘土，她竟然带我到她家，根深蒂固的红砖青瓦，白色瓷砖映得着浅浅的影儿。我站在门口不进去，被她笑吟吟拉一把，阳光补进来。她换掉湿透的裤子，拿盒青岛钙奶饼干给我吃，饼干里浸着柴油的味道，她身上的鲜奶味又被沉闷淤开来。寂静的屋子因为太空旷而嗡嗡哭诉。她要我坐下，我一声不吭，翕动着嘴唇不敢动，屋子憋得我透不过气。桌椅板凳扑过来咬我，一只被咬过一口的苹果搁在窗台上，也咬过来。

万籁俱寂，只有窗外的阳光打进来一块平行四边形，像被福尔马林泡白的尸体一动不动地躺地上。

“你为啥要跟李富强打架？”

“不为啥。”

“你不说？”

“真不为啥。”

“疼不疼？”

“啥，”我说，她指了指我的脸，“早不疼了。”

“你是为了我？”她说，“我知道。”

她的眼睛里犹如烛光之瞳仁，闪闪发亮，额前的齐发挂下来，我吸了一大口气，直是呼不出来，闭嘴憋坏了。

“我特烦他，他写给我的那个情诗好烂啊，真烦人啊，要不，”她弯着手臂挡住脸，两条腿钉住了挪不动，红布鞋鼓鼓的，发着釉瓷的光，“你给我写一个吧。”

“我不会写。”

“写着玩嘛，不当真的，”她一心绞着手，这话好像高高挂上门廊的红辣椒，事不关己，“你学习恁好，一定写得好。”

“我得走了，”我说，“你爹娘该回来了。”

然而，这回翘课终是遭人走了漏，告发给米兰，惶惶等了几日，没见分毫动静。米兰来来回回好几趟，一心扑在讲课上，不急不缓的，硬是眼睁睁瞧不见。好几回，我耐不住折磨，胡乱扯个由头，一径奔到办公室，誓要与她坦诚相告了，却被踩烂的门槛绊住，险些跌了一跤。立住脚才如醉方醒，半日没言语，羞赧而退。恰逢米兰要我发放作业本，才拾阶而下，生生瞒了回来。

米兰没寻我，李富强也没寻我，终了还是要人寻着了。你道是哪个？你自是知不道，她是范春丽。好几天心绪难安，及至放学我也没起身，同学们陆续回了家，我趴在座位上假寐，装醒，又伤心地靠在座位上。待到教室里空悠悠，我走上讲台，跪在长凳边，双手把米兰坐过以后留下的一汪热笼在脸上。冷不防打铃人一声断喝，我仓皇逃窜，揣了忐忑奔出校门。天上的彤云密布像个乞婆子，拐个弯，磷火四处游荡，范春丽才由一片坟茔里冒出来，我冷汗直冒，掉头就跑。她在后头喊住我。

"你叫我干啥？"我问。

"又不吃你。"她答。

"你想干啥？"我问。

"想跟你算账。"她咯咯笑起来。

第二天，我来得太早，看见同学们拉羊屎蛋似的哩哩啦啦进教室。何燕也不似先前般亲热厚密，纹丝不动的后背直爬到肩头，胳膊又从肩上溜下来，清晰、滞呆而完整。王海瑞拽我跟他玩，我回敬他一句。他摸摸头，羞惭地离开。我曾因为与他打着玩被他弄折了手腕，过了半年才痊愈。他们越来越不像话。李富强闹得最凶，蹿稀似的在过道里来回疯跑。陈道国与胡建春两个唧唧咕咕密谋一番，声音渐渐大起来，嗣后，竟因为一支铅笔吵起来。一个骂了娘，另一个听了不忿，气黄了脸。满屋子怔怔痴望，他俩乱打乱舞一阵，好几个桌子挤成一块，接了壤。板凳翻倒在地，伪装个四仰八叉的乌龟。有趁势助威的，也有远远吊一眼的，顿作人声鼎沸。这时何燕极其漫长地转过身，将嘈杂推到背后，悄没声息地开了口。

"你昨天去观音庙了？"她问。

"我去观音庙干啥？"我问。

"昨天范春丽找你做什么？"她问。

"借我代数作业抄。"我说。

"怎的不借别人，偏借你。"她说。

"因为我们一个村啊。"我说。

上课铃声是锤子，把撒野的学生一个一个敲进座位里。这节本是刘玉堂的课，却被米兰替换。米兰把教案搁上讲桌，四下看着我们，嘭嘭敲了板擦在桌上。教室聋子似的安静下来。米兰阴着脸注视脚下，寂静像是受到绞刑的喉咙勒在我们上头，不发一声。温顺的阳光透过门口折进来，好似掀开被子的一角。何燕暗自传来一张纸条。

“以后离她远一点。”字体的线条柔顺，腰肢细软。

“两点之间的线段最短。”米兰开始回顾知识点。

“我知道。”我在下面写。

“知道啥？”

“哪个不知道，三毛钱一回嘛。”这几个字竟然在纸面上突突地跳着。

“不共线的三点确定一个平面。”米兰说。

“你去过？”何燕又写。

“我才没有，李富强告诉我的，他去过。”

“好恶心。”

“三角形三边中线的交点是三角形的重心。”这回米兰拿粉笔写在黑板上。

“她每次都去哪儿？”我问。

纸条写得忒满，也没规矩，前头恁多字到处蹦。我的最后几个字即使被挤得拆台、骨刺，压得很扁，字脚还是被纸底的边界给淹掉了。我翻来覆去在背面找到她的回答："我怎么知道。"

下课之前，阳光终于够得着讲台。米兰踱来踱去，拖了很久低下头，双手摁住讲桌，嘴唇抽动一下，雪白的牙齿灿灿生光。

"你学习真好呀，什么蝗虫蚂蚱都扑来。"何燕递来一张新纸条。

"你学习也好呀。"我写。

米兰目光如炬，越过众多头顶望来，扎得我犹似反生倒刺的刺猬。我强作镇定。她说："这次数学竞赛成绩出来了，有人得了满分。"好些人转头看我。

"那也没资格参加竞赛。"何燕写。

"得满分的是二班的李炳燕，我们班一个也没有。"米兰不再看我，她终于落下铡刀的口，咬牙处决了我。

"那也不是满分。"我将忿忿难平递给何燕。

米兰到底唤了我去，既不因为翘课，也没到办公室。那是因为老师们混淆了编号或二班之好大喜功。按规定竞赛试卷是不许写姓名的，只在密封线内写明班级与编号。李炳燕是二班 6 号，我是一班 6 号。成绩正式颁布那天，他们才理清，拿下满分的不是二班6号，是一班6号。为此李炳燕怀恨在心，总以为我鸠占鹊巢了。

学校配给米兰的房子，像匹甲虫卧在学校后头。门是虚掩的，窗户闭得结实，好些蝙蝠倒挂檐下，我没敢驻足窗前，拖着夜的瞎子直接跨进来。米兰眨了眨眼睛，领我坐进松软的沙发里，递给我一只苹果，我咬了一口又放回原处。房子是两间，不比办公室小，即使有人走来走去也绰绰有余，是过于宽敞的饥肠辘辘。堂中央挂一幅浓密的小楷卷轴，字体呆呆的，训练有素，现在想来，那是《朱子家训》。一副对联肩在两边：

一竿雨浇透两竿雾　半堵墙遮羞穹庐天

没了教室傍身，她俨然是个苍翠欲滴的妇女，随处散发母性光辉。灯光浅浅的，腌不透这黑。她一阵忙活，于我眼前摇来晃去，身上蔷薇的香气犹若猛虎扑来，小巧玲珑的脚丫子套一双灰色高跟鞋活似两只耗子，吱吱乱叫。她做了红烧狮子头、清蒸鲈鱼、糖醋排骨、一品豆腐、白扒四宝、油爆双脆、清汤银耳、木须肉、清炒芦笋一应菜肴犒劳与我。饭后，我惊骇地望见她眸子里前所未有的温柔，我不敢看她，每次目光相接都慌忙跳开，死死拽住刚才的苹果不撒开，胸口怦怦狂跳。我忍不住向她兜售爸爸的酗酒和妈妈的空缺，及至我的累累伤痕，博取廉价的怜悯。她双臂抱着肩膀，静静地倾听，一双湿漉漉的眼睛游移不定。我编不下去了，竭力绷紧身子，不让自己摔下去。于是，她问我吃饱没有，一面思索着，一面摆正姿势，与我谈论饭菜，谈论数学，还越轨谈论了诗歌。她勾着脑袋，赤脚蹬着椅子的界沿，双膝顶着下颚，圆润的屁股，委屈地窝着，像个歪倒的“乙”字。我垂下眼睑，嗫嚅不止。

“你喜欢诗吗？”米兰突然问。

“不喜欢，”我说，“特别是唐诗。”

“写过诗吗？”

“没有。”

“对了，”她站起来，转身走到书架那儿抽出一本书，“我这儿有首诗，念给你听下。”她翻开书页，由里头抽出一份折了两下的纸，呼啦啦打开，再抖平，直似我的裸体在她面前羞耻地打开。这是由作业本里撕下来的一页纸，裁口像鼠牙噬咬。米兰转身坐下，就着昏黄的灯光开始逐字逐句地念，她的嗓子有些嘶哑，虽抑扬顿挫，却杀机四伏。读完之后她问："你认得这首诗吗？"

"不认得。"

"何燕你一定认得喽。"

"认得。"

"李富强说这是他写给何燕的。"

真是个蠢猪，我暗骂一句，低着头，盯住她的双脚。

"这是你写的吧。"米兰说。

我还是没吭气。

"但是，这是写给谁的呢？"米兰问。

她又把这五百字的情诗念一遍，像在某个放学的午后念给五百个空座听。这次我听不进一个字，我早将它们烂熟于心。我想跳起来，逃出门去，却挪不动步子，逃跑的势能跌倒了我。站起身来，透过米兰家的镜子我看到爱情的弧度箍住我的头脸和手脚。我看到米兰的双乳仿佛两朵熊熊烈焰猎猎跳动，烧灼我的心。我看到米兰并紧的双腿业已微微开叉，那是一袭锋利白色。我看到这五百字是五百个钢镚，叮当作响；是五百个窟窿，东飘西荡；是五百个弹坑，满目疮痍。她凑近来，我听到一壶沸腾的开水浇透另一壶沸腾的开水——一个遭不住，我又一回翻身跳起，哗啦啦撞翻了桌椅，一地的杯盘狼藉和吉光片羽。我看到我的身体一块块撒落荒野，我从未像今日这般渴慕阳光和咸菜。

回到家里，透窗看到月亮像个绝望的小偷，我倒床假寐，真是万蚁嗜心，夜半趁了月色，我蹑手翻出爸爸的所有藏书，由一册《废都》里寻出好几处腥味儿回顾当初，可每次交媾都被五个正白方框冒名顶替了，并注脚此地下删几百字云云。我自悔恨难当，一束手电筒的光芒突然一钵倒扣，把我逮住了。

马冬雨这个死丫头!

马冬雨呆呆的，委屈地问我。我把书藏到后面，问她怎么还不睡。她说："疼。"我说："什么疼。"她说："屁股疼，出疹子了吧。"我没好气地说："不会摔着了吧？"她说："没有，就是有点疼，你帮我抹点皮炎平吧。"这时候我才看到她手里拿着一管皮炎平膏。我说："你等我一会儿。"说着我把《废都》塞回原来的位置。

我们来到马冬雨的房间，我打开灯，并接过手电筒，灭掉了。

马冬雨坐到床上依着床头的大黑柜子，费劲地脱掉裤子，翻开裙子，还有一条小小的裤头，细细的黄、白色横条相间，中间有个红色的乖乖熊。现在马冬雨光裸裸的两条腿并着，中间陷进去一条线。我分明看到马冬雨两腿深处，白白净净的，一根毛发也没有，像个光滑的小土包，有一道白色的小细缝，那道缝像是两个背靠背的小括号，)(。我说："这不是屁股啊。"我觉着怪怪的，只看一眼就不敢再看了，可是马冬雨老在催促我。马冬雨的脸微微发红，小脸绷得紧紧的，睁大了眼睛，半张着嘴露出细碎的牙齿，哈着气。我说："你自己擦吧。"马冬雨："我看不到嘛。"我掉头向上，去看刺眼的灯泡，希望灯泡就此把我戳瞎。令我生气的是，我还是看见了那条缝，甚至有些红肿，以致平平的私处像一只粉色的小猪仔趴在那儿一拱一拱。我是闭着眼胡乱涂上去的，皮炎平软膏弄到我满手是油，往衣角怎么也蹭不干净。马冬雨说："有点凉。"我问："还疼不疼。"马冬雨好像为了安慰我："不疼了。"我就问："怎么弄的。"

马冬雨说："不知道。"我便又说："是不是有人欺负你了？"马东雨还是摇头说不知道。我再追问下去，她就嗡嗡起来，竟然用衣袖抹起泪水来了，咿咿呀呀的。她每哭一声，都要吸进很长时间的气，最后一下全都吐出了。每一次跟随哭声的喘气都像断了气。胸脯像跑了一匹马。我蹙眉望她，望她的瞬间整个房间的光线突然暗下来。我环视周围，目光最后停在窗帘上，外面已经发白了。我就给她盖好被子，说："别哭了，天要明了，快睡快睡吧。"

当晚，我梦见一只只耗子横过我身体，爬上我脸庞，出于恐惧我一把把摔上墙，翌日醒来，一只只耗子死在墙下头，踢一下活一秒。撕烂的老鼠肉全给我夜里烧吃了。

隔不几天，李富强捎来一把剑和一本书于全班疯传，男生视若珍宝，女生则羞耻地闪躲，撇开宝剑我一眼溜见《金瓶梅》。李富强如报大仇般意气风发，隆重介绍它是一本黄书。我说才不是哩。他质问于我。为逞一时口舌，我抢白道："米兰看的才不是黄书。"李富强一时跳了闸，突然指着我说："你喜欢米兰。"接着便哈哈大笑。我不再懊丧，也不担忧，尽管我知道我败坏了米兰的名声，我只是暴怒，我想与他大打一架，我又在等什么呢。

米兰并非吃了盐——就是个咸（闲）人儿。她一如往昔般性情刻板、严厉苛责。我躲在书后头瞧她。米兰面色红润，花开不败，一股好闻的柴油味像是半截入土的倔老头的手指抠住我的鼻孔。我突然一阵呕吐，难掩惶恐，惊慌地看到米兰翕动着嘴唇讲课，不可遏止地泛出血沫。李富强勾长了脖颈，双手抱头，眼睛无辜地鼓了出来。他说他杀了一头象，这头大象倒在血沫里，倒在他的嘴巴里。我揉着发麻的双腿，曾怀疑这只是他的一场梦。然而，最近夜夜闯进我梦里的却是何燕。她是一只老虎，突然而至，又倏忽而走。

何燕再次撺掇我翘课是个明媚的午后，米兰还未被调职。这回为了不弄湿衣裳，我们没去河边，而是越过野草肆虐的铁道，朝发黑的铁皮扔石子，仇恨的种子正追逐一节节车厢运往祖国各地呀。无论怎样，穿肠而过是火车。我坐在倒掉的电线杆上，任清风拂面。下午的阳光和煦，温暖丰润，仿佛米兰内裤的花边，摩挲我的脸。何燕纳在树荫下跟我招手，盈盈笑意浅耕脸面。她追逐粉色的蝴蝶来到观音庙，满怀怜悯地环顾破败的庙宇，四个屋角像头犟驴冲向天空。头几年还住个盘髻的老道士，死掉以后村里好生葬了他。甫一进来，庞大的观音像猛然挂下来，没半点歪斜，只是爬满蛛网。观音这石刻的身子陈旧而剥落，早被世人的祈祷榨干了。炉台和案板也朽烂了。

“我们干吗来这儿？”我问。

她拽我来到神像后头，这是一片空地。她说：“范春丽每回都是来这儿。”

“你怎么知道？”我问。

“那个，你想不想看看——”她声音含混，把最后的字字腔腔滑空了。

“看，看啥？”

她一步步走向墙壁。屋顶有好多窟窿眼，好多大大小小的太阳掉下来，砸地上，搿了好多坑儿。她一步步走回来，每隔一步都有个太阳抽到她身上。我目光游移，不敢看她。她目光炯炯，我听到她身体里半升水在咣当，她决定开诚布公了："你要不要捉蝴蝶？"

"你又不是范春丽。"我说。

"可你是武松呀。"她喊。

是啊，我是武松啊。

我做过许多梦，却从未梦见这个。我们并排躺着，又同时起身。我的衣裳弄得又脏又皱，她却还洁净如初。我想回家了，她见时候尚早，坚决不允，又拖了好一会儿才回去。岔路口分别后我偏不动，她假意撵上我，央我与她一块儿走。我们还是绕不过这条小河。我离河岸远远的，就不靠河走。何燕老拖我也没用，可惜我还是看见了河面，我只是迅速地扭头，好像看一眼河面我的眼睛便给浸湿了一样。并且我还看到了一只纸船，北方的河流没有充分的宽度，也没有充分深度，是盛不下船的，纸船倒是绰绰有余。那只纸船都快化掉了，一点也没有了纸船的样子。河面上脏兮兮的，还有铺的叶子，还有谁的衣裳鼓鼓胀胀，像是打满了气。

家里的栅栏门远远就开着，那辆永久自行车斜倚到树上，打气管也是歪倒在地。压水井附近湿漉漉的，水盆里空空荡荡。何燕看见我姥爷坐在空荡荡的院子里，只会嘎嘎地叫，像一只鹅。他的帽子耷下来，像个流亡的国王。

她问：“这是谁？”

我说：“我姥爷。”

她说：“我以为你家没人。”

我说：“我姥爷不是人。”

堂屋门敞着，阳光被挡在外头。我停下来，不自觉地弯弓背，绷紧的脸微微松一下。屋内跟之前一样空荡荡的，弥漫呛人的烟味以及炷香味。厅堂中央是贴墙摆放的方桌，上面的香炉里燃着三炷香。立式衣柜倒掉了，两个土红色矮板凳四脚朝天，一个空着的藤椅好端端的。挨到藤椅的床空着人，床边水泥地上尽是烟灰、烟头。整个厅堂更暗了，像是在窃窃私语。我们进到内间，放下花布帘子。何燕睁一双大眼睛，竭力藏住不安，坐在铺了厚厚麦秸的床边。横梁下头原本存放布匹的架子空了出来，像是突然翘了课，露出一面经久未用的镜子，镜面蒙了一层灰。衣柜挂着爸爸死气沉沉的西服，我翻出要换的衣裳，何燕还一动不动地坐在那里，并不如坐针毡。

“你转过去，”我说，“你看着我我咋脱衣裳啊？”

“看你脱衣裳怎么了？”她把嘴鼓嘟着，“又不吃你。”

“你是要吃我还是要咬我？”我问。

“有区别吗？”她咯咯笑起来。

镜子里多了一个与我相反的人。当下我倍感纳罕：“为啥照镜子是左右相反而不是上下颠倒呢？”我以为是镜放错了，我又把镜子挪了九十度角，平放起来，可是镜子里的还是左右相反，并没有上下颠倒。很快，我不再为此困扰。因为何燕又在取笑我：“要我教你脱衣服吗？”何燕的衣服又干净又整洁，好像是钢铁的衣服，根本就脱不下来。我背对着她，没敢看她，只能眼看着镜子里我被何燕一件一件脱掉我衣裳，那时间我听到了我的身体在起起落落，没多久，我一动不动地陷进无尽悲哀，看到镜子里我的裸体，活像耸立了一只受惊了的粉色的猪，可是，这只猪好大啊。

刹那间，我的脑海过了一道闪电，就像霜打的茄子，因为我想起了马冬雨。当即给何燕穿好衣服我就把她推出了门外。何燕好凶，简直要把我吃掉。

我找不着马冬雨了。问姥爷也白搭，姥爷只管嘎嘎乱叫，老也死不掉。找了好几个地方都没有，突然翻出作业本我又想到范春丽来。

在我家门外有一条路，路有两边，一边在左，一边在右，我总走在右边。一次回家途中，我望见马路左边卧一颗鸡蛋，等我绕了很大一个半圈走到那里，天色尚早，我看到鸡蛋还卧在刚才的杂草丛里，它原封没动，却已分在右边了。我不知道它来自哪里，也不知道它为什么在这里，它的出现令我惊叹，完全吸引了我。我蹲在鸡蛋边上，迟疑地摸它的表皮，是温的也是热的。

范春丽打开红棕色的门，进到西房，转头说："进来。"

我迟疑地望了望，没落脚。

"进来啊。"范春丽说。

一进门我就被一张巨大的黑色柜子给挡住了视线。范春丽家房间好大，一张床靠到窗下，床头墙上贴了郭富城中分的巨大海报，对角线鼓起的地方积满灰尘；床尾挨着个巨大的黑色柜子。范春丽站到门后的柜子旁，我这时才看清她身上穿着舒适的白底小碎花罩衫，圆领口大些，能瞧见脖颈下接近锁骨的一圈明暗交界线，还套着绿色的小马甲，下面是虎斑纹黑底松紧裤子。我的右手边不远处是一张书桌，桌子上整齐码放课本、作业本和白色的塑料印有白雪公主的泡沫文具盒。我很喜欢铅笔盒开合的两个吸铁石。桌子前面是一把原木色的太师椅，能瞧见木质的纹理，范春丽陷了进去。我说："我还以为走错门了哩。"

"你怎个恁久才来？"她说。

"桥给蒙了水，绕了好远的道。"我说。

范春丽整张脸都在盖了笑。

"你笑什么？"我说。

范春丽说："我才没笑。"

"没笑？"我不知该站到哪儿，就近靠了靠椅子。我突然问她："你见马冬雨了吗？"

"没有。"说完她安静了一会儿。

范春丽故意躲我，眼睛活像一条鲤鱼，竟能忍住不说话，最后憋不住，扑哧一声笑出声来。

我背靠了墙，问："你究竟笑什么呢？"

“没什么没什么，呃，对了，”范春丽道，“东西呢？”

“哦，差点忘了。”我把作业本递给她。

范春丽接过作业本，放在桌子上，好像无所事事了，就为了安慰我似的。“对了，《水浒传》你看到几本了？”

“《血溅鸳鸯楼》？不对，早看过了，”接着往床边走，“《斗杀西门庆》？也不对。”我快靠床边时范春丽突然喊我的名字，她转身，分不清谁在喊，走回来说：“嗯？”范春丽摇摇头没说话。我说：“呃——是什么呢，井冈山，不对不对，是景阳冈。”我突然说：“啊，想起来了，《三碗不过冈》。”我搓着手快速地小幅度地走来走去说，“对对，顺序也挨不着，就是它了。”

“你不是看过了吗？”范春丽说。

“是吗？”我说，“我觉着我得看三遍，三碗不过冈嘛。”

“明天，”范春丽说，“等明天王海瑞还了我就给你。”

我站到床边面对窗帘站着，不断硬性拐弯的树枝带着树叶的黑影打在窗帘上像是在晃，又像是静止。桌子边放的一本书，一个纸质笔记本压在上面，书脊上有《流行歌曲大全》的字样，笔记本是硬质白色，塑封一层薄膜。正面贴有正着、斜着的四张明星小贴画，我认识他们，甚至能叫出名字：郭靖黄蓉、赵雅芝、周慧敏和温碧霞。

“我们捉迷藏吧。”几乎是突然地，范春丽活泼起来。

“我该走了，我还要去找马冬雨。”我说。

“你姐走丢不是一回两回了，到吃饭就回来了，放心好了。”

“就我们俩？”我说。

“你还能找出第三个人来吗？”范春丽说，“来来，你先来。”

我像泄了气的皮球，掉身面壁，把头微微垂下，闭上眼睛，说：“开始了啊。”

“可不准偷看哦。”

“一，二，三——”我故意拉长了声音，“四，五，”我听见窸窣和轻轻的混乱的脚步声，“六，七，八，九，”我说，“九了，已经到九了啊，”我说，“你藏好了吗？”没人吭声，“我可数十了——”

“嗨——！”

突然一声巨大的威吓，险些把我摔倒，当啷一声，我的刀子却掉在地上。笑得金灿灿的李富强突然戳到我们眼前。李富强的眼睛肿泡，门牙硕大。范春丽简直笑到肚子疼，咯咯没完。我惶惑不安地盯着李富强，好像李富强是我捉迷藏捉出来的。

趁李富强没动作，我抢先把刀子捡起藏好了。

李富强瞄了刀子一眼，不屑道：“你这刀子又是防备我的吗？”

我不则一声。李富强知道，我也知道，便是有了这把刀子我也没奈何李富强。

“啊，你怎么躲在里头？”我慌忙转移话题，“你什么时候来的？”

“比你早多了。”李富强说。

“吓死我了都。”

“切，我才不像你这么胆小，这么点事就吓着了，”李富强微微提高声音，带着凶残的意味说，“怎么，学习没你好就不能看书了。”

“我不是这个意思。”

“哎哟，”李富强语气怪异地说，“我还以为你喜欢这样呢？”

“真是没想到，太意外了。”我瞅到垂在床边微微晃动的床单和那口巨大的黑柜子说，“你刚才藏哪儿了？我一点也不知道。”

李富强从后背里掏出一本书，突然说：“当然是藏在这里了啊。”这本书的名字叫作《金瓶梅》，书已经翻烂了，还有很多泛黄的卷页，好像生病了。“我知道你们想看，我就带来了，你说我聪明不聪明。”

“聪明，聪明。”范春丽说。

“这里面也有一个武松哦。”李富强说。

我说：“是吗？”

“你猜怎么着，这本书的武松是个草包，一没杀西门庆，二没杀潘金莲，反倒叫西门庆发配边疆去了，武松真是草包一个。”李富强眨眨眼睛说。

“真的假的？”范春丽问。

“骗你是小狗。”李富强说。

“武松才不是草包，假的，这书肯定是假的。”我怒气冲冲，真想把李富强吃掉哦。

“哼，不信算了。”李富强把书抢走，又放回后背去了。

我缩回伸出去的手，心想：小狗才看呢。想完心里舒坦不少。便凑近李富强：“你人刚才藏到哪里去了？”

李富强两手叉腰，裤裆沾了不少土，裤管高挽；嘴角的一边往上抿，说：“你猜。”

从范春丽家出来，我摸摸口袋，鸡蛋还完好无损。我跳到门口一根躺着的水泥电线杆上，掉下去才跑起来。避开好多树，光梧桐树下的菜田里竟然萦绕一群白色或者紫色的蝴蝶，跳下去穿过街道，蹚过杂草丛、疤瘌地、攀爬过的柳树、起伏的斜坡、半截砖块以及最后的梧桐树；最后停在一棵粗大的梧桐树边，发现那群蝴蝶不过是一串一串开着的豌豆花。

这个晌午，我像站到自己之外；是另外一人发现我的，是高大威猛的马文才正在玩倒立，脑袋搁到裤裆上，远远望见一个人由天边一步一步踏出自个儿来，他的天在下他的地在上，背负黄土，脚踩苍天，踩出一条天道来。我自顾自地走，打马文才身旁而过时，马文才一个翻身站住，我的脚底麻了一麻，我知道我这才经了他一个筋斗翻到村里来了。我像头一回进村。我还是须要过河，过了河我才能回家，无论我怎么走。没哗哗响，也不湍急。平静地倒映岸边，往两头望，我没看见马冬雨，到哪里去找呢？我知不道要往哪里走。回家又要挨骂了。

跑了好久，有很多人在跑往一个方向，咚咚很有质地。很多人围到当街中央，密密匝匝。我停在人群外围的梧桐树边，我进不去，人太多了，大都脸色深灰。透过这么多腿我什么也看不到，我想要喊，什么也喊不出。我费劲扒拉出来，爬上笔直杨树，脸擦着树皮歪扭头，憋得通红，现在所有人的头都在我下面黑黑地耸动。拥挤的人们中央有一块空地，停着一辆地排车，车把仰天。车里躺着一个小破孩，浑身湿淋淋的，这是我第一回望见死人，什么都看不甚清。我不知道这人是谁，我有点怕。我不怕有人叫我，偏偏就有人叫我，他们冲我喊。他们呲毛地混作一团，好不热闹。不加节制地喧哗，跑呀跳呀的。他们怕我掉下来吗，我肩膀一抖，哧啦滑下来，拔腿便跑。无论他们喊作什么，我都听不见。

前面那些人越来越多了，又有人拼命喊我，他们的喊声好大好多。我无从分辨，他们终于捉到了我，把我搡到了最前头。我看到了爸爸，爸爸跪在地上，抱着马冬雨。她已经死了，而且浑身湿透了，头发滴着水，脸色苍白，眼窝深陷，嘴唇发紫，浑身裹了不知谁的棉袄，好像这是冬天，好像这样就能把姐姐焐热，活了过来。

我一直没哭，我知不道站了多久，我的身体坚硬得像一块石头。我知不道是怎么扒开人群的，我知不道要去哪里，我走着的时候我知道我是真的困了。我一个激灵，仿佛睁开了眼，看到我来到了岸边，河里流着淙淙的水，水流不是很深，我能看到水底，要是马冬雨再长高一寸也不至于淹死。如果跳下去，未及腰深。水面平静得叫人难过，不管多浅的河水都能淹死人，偏偏有一只小小的纸船浮在水面上，因为水草的格挡，小船也挣不出来漂走。我刚刚过桥，来到河的另一个岸边，我看不见小船了。我走得好慢，原来是有人拽我，我扭头看到李富强，他的那副傻脸冲我傻乐。我正在思考他说什么呢？他又拽我一下，这回我听清了，他的语气是我竟然胆大到不理他，他说："我叫你呢听见没有。"我全身的气力都灌注在右手上，一拳打在李富强脸上。因为我觉着李富强皱着额头的脸，变大变花了，好像一只老虎的脸。这只虎不简单，高有六尺半，长有八尺还有余。血盆口一张簸箕大，两眼一瞪像茶缸。脑门上刻着字，三横一竖念作王。这只虎虚张声势，向前一扑当中央，把我压倒滚了几滚。我们两个，一人一虎，纠缠一起。与评书不一样的是，只听扑通扑通两声，我们两个双双落了水。我失算了，肥胖的河水没了我们的胸口，醇厚的流水老是掣肘我的胳膊，扯我后腿，柔韧、饱和的水流抱住了我，稍稍一偏我便被撂倒了。水流叼住我不放，我吃了好几口水，双手乱抓乱晃，老虎便成了我的救命稻草。老虎比我还不会有游泳。我抓住他了，借着他的身体，我站了起来，他也被我推到水边，他的脑袋磕到了岸边，身体泡在水里，瞬间虚肿了起来。我死死掐住他的脖子，举起王八拳，不顾廉耻地朝他的脸乱挥。水流吓得哇哇乱叫。他嘴里呛了好几口水，开始呛血的时候，他几乎不能说话了，他奋力地爬，溅出的水花温柔地落水。他老老实实不动了，他的身上脸上除了血水还有泥浆，他的脸被我打烂了，再也不像是老虎的脸了，原来这是一张人的脸，但是这是谁的脸呢？这个人突然呛了一口水，他终于开始呼吸了，他的鼻孔呼出一只大大的气泡。他说："别打了别打了，求求你了别打了，你要打死我了，你要打死我了，我要死了。"我冷笑一声，因为惯性又打一拳才停住手，一停下来我浑身的血液与平时不同了，火一样在我的血管里簌簌燃烧，太阳穴怦怦直跳，两只耳朵嗡嗡直响，我终是认出来这是李富强的脸。一阵风吹过，我打了个冷战。天上的白云开始变成其他好多种颜色了，甚至顶在我头顶的白云也不白了，变乌了。我撇下李富强走向水的更深处，水里走动比我想的困难许多，好在水深变浅了很多了，弯腰穿过桥洞，来到桥的另一边，水深将将过膝，我拨开水草，那只搁浅许久的纸船一颤，便起航了。小船转了两转才正经航行起来，向东进发，因为东方有更大更广的水等着它。

我像是在水里泡了十年，四肢退化成鳍，忘了怎么爬上岸边，很没尊严地拔出水面，水流因为缺失我裂开的洞迅速弹了上来。我出了水站在空气里，像光着身子，浑身发冷。而且迅速的流水声，好像在我的身体里挂起了瀑布。我的头昏脑涨，蔓延到衣服也松松垮垮，走起路来我才发现左脚瘸了，胳膊脱臼了，两手嵌满伤口。我浑身都是陷落的黑洞，每走一步，都像踩进一窝烂泥里，两只鞋也呱唧呱唧喷出水花。

没承想，李富强拎着刀子追了上来。他满脸是血，气喘吁吁看着我。他手上的刀子湿淋淋的，简直湿透了。不过，刀子才不甘心被河水湿透，刀子是从刀子里头湿透的，因为，那些水简直是从刀子里头汩汩冒出来的，滴滴答答不停。那是我的刀子，刚刚不慎掉落的。没承想给他捡了去。李富强将刀尖冲向我，向我抵过来。我以为他要杀了我。李富强只是没骨气地说："给……给……给你的刀子。"

他要真想杀我就好了。看到寒光泠泠的刀子，我近了身去，刀刃上的水很快干透了。干透的刀子，没有吃到血，干净得令人乏味。我没有伸手接刀子，只走近两步，我的肚子便接住了刀子。李富强呆愣当场，不知道该干什么。

不不不，不是刀子扎进了我的肚子，是我的肚子冷不防扎进了刀子里，刀子啊刀子 。

天上的太阳扑通一声掉下去了，摇摇晃晃又浮上来小半个。晚霞把所有屋顶都分给了白天，因此，屋顶上落满了孩子们的嬉闹声。就在家门口，围观的人群早早散了去。爸爸又哼哼唧唧一通，一缕胡子似的青烟蒙住了脸。然后黑夜像猫一样蹿上树，我突然悟及那首歌谣，它的名字叫《暮景》：

黑猫树上爬，
白猫往下掉。
落日捉晚霞，
花猫才来到。

我浑身湿透地站着，一步也不想去走动了，不是因为疼痛，只是不想走动了，刀把挂在我的肚子上颤颤悠悠，一滴血也没有流。我两只手揣进兜里，什么东西黏糊糊的，伸出手来是一只破碎的鸡蛋，蹿稀一样代替血液从我指缝流了下去。昏聩的爸爸摇了摇头，说：“我去把你姐姐找回来。”说着他丢下马冬雨，佝偻了背向西走去。我看到爸爸像是一条瘦骨嶙峋的狗，这狗嘴里叼着晚霞一步一步向西走去。

是时，暮色四合。于天地闭合之须臾，黑夜是一道女人的屄缝，我惊恐地被它一次次地生吞活剥。

2015 年 11 月 20 日—2016 年 09 月 16 日初稿　于十里堡

2020 年 02 月 01 日—2020 年 03 月 30 日二稿

2020 年 09 月 11 日定稿

后记

虚构的曹县，真实的自己

1

作为一个写作者，经常会遇到两个问题，第一个是：“你为什么会写作？”第二个问题是：“你为什么能够坚持写作这么久？”我想每个作家都有被问过这样的问题。作家们的回答可能也五花八门。对于第一个问题，我的回答每次都不一样，因为我也不清楚。至于第二个问题，我想我的答案就只有一个。这个问题和答案或许跟我上学的经历有着某种相似性。

我上学的经历是我实不愿提及的一段往事。因为我复读了四次，高考了五次。末了，还没有第一次高考的分数多，不得不走了一个师范专科院校，去了化学专业的工业分析与检验，简称分检专业。我毕业以后说出去，别人以为我学的是物流行业分拣工作的对口专业。

高一的时候，我们学校有个复读了七年的人，对我们而言，他就是一个传说，从来无缘得见。等我一年一年开始复读的时候，我从来没有想到，有一天我也会成为他，变作一个不停复读的人，没有尽头，像一个不断死去的人。

对于高考，我知不道其他省份真实境况到底如何。在山东，高考确实是要难考一些。因此催生了两项产业。

第一项便是复读，也是很多学习很好和学习不好的学生常见的选择。然而，基本上最多也就是复读两年或者三年。不过，于我来说，这么多年的复读，虽然学习没有多大长进，但也学会了一套欺骗自己的诀窍，否则很难坚持下去。每次复读，我都告诉我复读班的同学们我是第一次复读。虽然老师知晓我的底细，同学们却没有一个知道。

第二项便是高考移民。爸爸一开始对我寄予厚望，及至后来，他也灰心丧气。为了最后最后一搏，他也想要捞偏门——花钱到外省，办一套户口和学籍，也让我做一回高考移民，这样起码我能考取一个本科走了。爸爸给我找的是陕西省一个偏远小县的高中。我记得为了办户口，我按照爸爸吩咐，专门跑去那个泥泞的县城照相，去办身份证。幸亏，临到高考功亏一篑，没能成功外地高考。

就像有人问我关于写作一样，后来，也有很多人问我，这么多年不停地高考，你是怎么坚持下来的？

其实，你要上过这么多的高三，也没什么稀奇。看着是不可思议的事情，与其说是一种坚持，不如说是习惯。要不是因为我后来看起来年龄很大了，装年轻再也装不下去，我想我还会一直复读下去的。跟我对为什么能够坚持写作的回答差不多，不过是一种生活。当时，我甚至以为我一辈子要活在学校里了。现在想想，那样的生活，也还真不错。

2

在我第三次复读的时候，我碰到了一个很不一样的朋友。他走路外八字，那架势跟别人很不一样，不像要跟人打架，像是要去赤手打死一只虎。因此，我总叫他“武松”。

本来复读班的同学就很难建立友谊，不但因为时间短，也因为每个复读的同学头顶一座山，无不比应届班更努力学习，没人有闲情逸致。

武松原本坐在我的前面，后来他赶走了我的第一个同桌，坐在我的边上。我们因为同桌成了朋友以后，发现他之所以想坐这里，不过因为这个位置更近后门，方便逃课。

此前，无论应届还是复读，我都是班上最努力且从不逃课的老实学生，只是从来学习不好，回回倒数十名以内，也是班里最不起眼的学生。能让人记住的只有我的名字，孙一圣。他们总是奇怪我的名字，却遗忘了我。不知为何，我与武松做了同桌以后，他很喜欢与我一块儿玩。他常常怂恿我逃课，一开始我并不敢去。后来，慢慢也跟着他逃课去游戏厅或者台球厅了。甚至，还与他一起学起了打群架。打架的时候武松也总把我放在最后一个，打架前跟我说：“甭管我们，要是势头不对你转掉头就跑，越快越好。”没过多久，我也成了一个既坏且差的学生了。

也就这一年，我经常跟着他出没于曹县城内的大街小巷。这时候，虽然网吧时兴多年，我们几乎不去。只去其他地方，游戏厅的老虎机是我们的最爱，虽然老虎机我们只输不赢。只听说有人中过大奖，游戏币哗啦啦吐不完，但是我们从来没有中奖。我们也都知道老板每天晚上都在老虎机的背面调机器，让我们不断地输。但是，我们乐此不疲。实在没地可去了，我们就坐在马路牙子，无所事事。

今年我回家的时候，特地去学校附近走了一遭，发现这家名叫“供销社”的游戏厅早已消失不见，我甚至连游戏厅的确切位置也摸不准了。

虽然，在小说里，我写死了武松，但是现实生活里，武松活得很好。并且，我很后悔，在这部小说里杀死了武松。于是，为了弥补我的过错，在我的另一部小说《夜游神》里，我再次起死回生了武松。我想，将来武松还会在我的其他小说里穿插。但是，我没有能力在这部小说里复活武松，只能一次又一次在“他”死前加以利用。

本来武松有十来个要好的同学，他是这个小团体的头领。他们不像我以为的那么保守，他们在学习上有好有坏，性别上也有男有女，原本都是应届班的同学，一同来到了复读班。他们统统以武松为中心，紧紧团结在一起，也因为武松的关系，他们很快便接纳了我。

有一次，我跟着他们聚餐喝酒。武松偶然知道我与一个女生住得很近，顺嘴就说，以后晚自习结束，让我送她，因为一个女生在晚上还是需要注意安全的。本来我就喜欢这个女生，于是，我便堂而皇之地假借武松的名义，每日送她回家了。送她回家的路上，我们几乎不说话，只是静静地走着，到了她家楼下，她说："我走了。"我说："好。"每晚都是，从未变更。有时上课或自习无聊，我会写字条传给她借她的MP3听歌，她便拿一个小布包包，仔细包好，传过来。因为她是好学生（她当年的高考分数是六百多分，只是没有考取理想的院校才选择复读），坐在教室很靠前的位置，所以每次我们的字条和MP3都会像穿越了漫长的西伯利亚一样在整个教室来来回回。

我只一个晚上没有送她，那天，因为什么喝酒我已忘了。只记得是我们所有伙伴难得的聚会，喝酒庆祝。当晚我也喝了不少酒，都喝吐了。喝完酒，我们继续回去上晚自习。晚自习中途，同桌先回去睡了。其他喝了酒的同学也是。我一个人趴在桌子上装睡。没多久，我收到她的字条，她说，因为我喝了酒，叫我早点回去，今晚不必送她了。我也着实硬撑不住，便只好提前回去了。

高考过后，我们再也不曾见过了。

这一本小说，就是以这一年的复读生活作为蓝本，写作的小说。我也把这张她劝我早回的字条原封未动地誊给了这部小说，也是把这段生活里我从未开口的爱情一字不留地交给了这部小说。

这张字条，我保存至今，夹在了一本书里。随着我的书越买越多，大概有五千本了吧，我再也找不到我夹在哪本书里了。我希望我永远找不到它。

这部小说的全部内容都是以曹县为背景创作的，然而，这部小说的核心犯罪案件，不是发生在我生活的曹县和我的高中曹县一中，而是发生于一八三三年，是远在法国的一个真实案例。我是从一本名叫《错案》的书中看到的，这是一本法律书，一个律师记录了这件冤假错案，书中内容讲的是各类冤假错案的形成过程。看过这个案件两年以后，我也只是凭借印象对这个故事重新演绎，挪进了曹县境内。

3

在这部名叫《必见辽阔之地》的小说里，既写了很多我生活和记忆里的曹县，也虚构了很多内容，除了小说的主体内容的虚构，我也虚构了一篇文言文，就是小说里那篇《黄鹤亭集序》，作者及生平也是虚构的。而是这篇杜撰的文章，大多数句子是从一些名句里化来仿写的，不可避免会有不少讹误，乞望见谅。不过，同时也写了与曹县历史相关的人物。说到这里，关于曹县，我想多说两句。

据考证，曹县是商汤故都，古称为“亳”；

伊尹，商之贤相，名挚，“耕于有莘氏之野”，“莘”即曹县莘冢集；

战国军事家吴起，卫国左氏（即今山东曹县）人；

曹县城南二十里，一个叫作吴园的废墟，据传是吴三桂旧居，有待考证；

同治四年，即一八六五年，清僧格林沁来曹州围剿捻军，深陷重围，被捻军张皮绠斩杀于麦田，地点就在曹县西北，后在此处建造僧王庙。

还有一个著名的历史人物，起义领袖黄巢。他是曹州冤句人，冤句即今天的曹县庄寨。庄寨，就是那个日本九成棺材的生产地。黄巢早年落榜后，写过一首《不第后赋菊》，也算鼎鼎大名：

待到秋来九月八，
我花开后百花杀。
冲天香阵透长安，
满城尽带黄金甲。

相对于搜肠刮肚寻找古迹名人，我更倾向于了解那些平民英魂。他们虽不是很大的历史人物，但他们都是在过去——有血有肉地活过的人。

在我的这部小说里，另外一部分重要的内容，就是基于王道平的经历写出的内容。王道平是一个真实活跃于曹县西北的抗日传奇人物。

王道平是我爷爷和我爸爸从小就给我讲过的真实人物。曹县西北一带流传着许多他的传说，曹县县志对他也有记载。王道平原名王喜泰，又写作王喜太，曹县砖庙人，中等身材，说起话来满脸笑容，外号“王四瘸子”，与他相熟的人称他为“四哥”。早年参加过北伐战争。“七七事变”后，回到曹县组建了自己的抗日武装部队。当时，乡野的说法是土匪。起初，他的队伍里龙蛇混杂，有共产党也有国民党。一九三八年，王道平的部队接受八路军改编，成为鲁西南抗日大队陇海支队，王道平任司令员。一九四四年，他因病逝世。

我在小说里写到的王道平只是很小很小的一部分，并做了很大程度上的虚构处理。还有很多关于他的传说，我并没有写进小说。据当时我党地下工作者王东舒讲述，他们经常与王道平接触，在王道平接受改编前，他们曾有过这样一段有趣的对话。

有一次闲聊，王司令（即王道平）说：“俺师父说我是黑虎星一转，有八个字——黑虎一转，遇红则显。老姜你点儿多，这是什么意思？”老姜便是姜参谋，姜参谋眉头一皱说：“四哥，这个字很有意思，‘黑虎一转’，这是说你命大；‘遇红则显’呢，奏（就）是说你遇见了红军就要大显威名了。看来你走上红军这条道路，师父早有暗示。”

王道平的师父，便是申楼的申继言，申继言是这段史料记载的名字。

关于王道平，曹县县志里有不少与他相关的介绍。很可惜，我查遍史料，也没找到与申继言相关的其他记载。而申继言则是属于曹县西北的另外一段传奇了。据口口相传，申继言鲜少出庙门，能预卜吉凶，也能断天下事。抗日年间他便断言：“这天下以后一定便是共产党的天下。”也因此，常劝王道平加入共产党。据传，两个人第一次见面，是在郑州的一家馆子，坐而论道。也是那一次，申继言向王道平建议要早早加入共产党，积极抗日。

于我来说，抗日战争只活在爷爷的嘴巴里。

对我爷爷则不是，对我老爷爷也不是。我完全不能想象当时的场景，也无法复原。只知道鲁西南的日据期间，某天夜晚，我爷爷和我老爷爷走夜路遭遇日本兵。

日本兵以为他们是游击队，一梭子子弹扫过来。我对一梭子没有概念，我爷爷也从没解释。他就像在说一口好牙那么容易，他的一口好牙早就掉净了，尽管如此，他并不因此不会说话，他继续跟我讲——我爷爷和我老爷爷藏在苞米地里没敢吭气，等日本兵过去。我老爷爷问我爷爷："儿啊没事吧？"我爷爷说："爹啊我找不着胳膊了。"小时候，我爷爷曾多次向我展示他的伤疤，我看到在他胳膊上有两道伤疤，是一颗子弹贯穿了胳膊留下的。伤疤有碗口那么大，我曾拿两只碗要把伤疤堵住，怎么也堵不住，伤疤像血一样总是往外冒。两只碗哪个里头都没子弹。我老爷爷搀起我爷爷就往家跑。到了家找来医生给我爷爷包扎清楚，我爷爷顺着自己血迹一路看出去，才看见他们是踩着一路血印回来的，血印又分岔拐向我老爷爷，爬到我老爷爷的腿上——我老爷爷腿上同样中了同等大小的一枪，就好像这颗子弹是一路顺着血迹，克服拐弯和攀升的障碍，慢慢爬进我老爷爷腿上的子弹洞里去的。为此，我老爷爷瘸了后半辈子，走路一瘸一拐了，人称"三瘸子"。日本人占据中国，他瘸着。一九四五年日本投降，他也瘸着。

一九四九年建国以后，他的瘸依旧坚挺。就好像从那一夜起，日本人就卸走了他的那条好腿，并漂洋过海带回了日本。我老爷爷死掉以后，他烧成骨灰以后，他终于想瘸也瘸不起来了，可是他的那条好腿还留在日本。这条好腿走路应该很直，不会一瘸一拐的。

关于这段记录，我不止一次写进我的其他小说里。我对这个讲述的记忆太深刻了。不但因为我爷爷反复讲述，还因为我经常就会看到爷爷胳膊上那道闪亮的伤疤。

也为此，我在这部长篇小说里也写了一个壁虎一样的伤疤。

这次回家，我还专门扒开爷爷的胳膊去寻找那道伤疤。爷爷九十多岁了，身体其实很好，只是，现在他好像已经把伤疤这件事忘记了，因为他不明白我在干什么。我和爸爸找了爷爷的两条胳膊，哪条胳膊上也没找到，好像我们两个弄错了，好像我面前这个是个错误的爷爷。我们发现那只碗大的伤疤，竟然不见了。不见的原因，是爷爷的年龄非常大了，皮肤已经变得非常黝黑了。爷爷不但脸上布满皱纹，他的两只胳膊上也布满了皱纹。那些细小的皱纹像是鳞片一样嵌满爷爷的所有皮肤。我之所以找不到那块伤疤，是因为爷爷胳膊上的皱纹已经把光滑的伤疤损毁殆尽了。好像爷爷从来没有受过子弹的伤。

4

因为已经两年没有回家，再次回去，爷爷不再是原来的爷爷，家也不再是熟悉的样子了。有一次闲聊，妈妈说，现在在曹县县城坐公交车不要钱了。好像是为了验证这个说法，我专门跑了一趟曹县县城，确实坐上了免费的公交车。无论是坐车，还是走路，我一路看到，曹县县城也早已不是我记忆中的曹县县城了。

虽然公交车免费了，但是我也没有因此免费多坐一公里，到站该下车我还是要下。

第一站下车是我在小说里写到的石蛤蟆街，但是那个石蛤蟆已经没有了，知不道搬去了哪里。

第二站下车便是我在小说里也写到的曹县一中，站名改作了“老一中”，因为曹县一中已经变成了初中，不再是曹县一中了。但是，学校门口的牌楼还在，还写着

“曹县第一中学”六个大字。右边的小字也写着“郭沫若题”。只是在这几个字的下面用水泥题写了“旧址”两个字，很是突兀。

站在老一中的门牌下，我突然有些恍惚。因为我对自己的过去，不，应该说是对自己有些怀疑。

我已经年过三十五，按照正当顺序，我的儿子也该上小学了，甚至也该入学高中也说不定。然而，我到现在却还在为得到本科学位拼命。高考过去十几年，高考的阴霾还没有离我而去。当年高考，我考了五次，复读四年，还没有第一次分数高，加上年龄也吃不消了，便匆匆走了一个师范专科上学去了。

我还记得我上一次回曹县。那一次，我为什么回曹县呢?

是因为高考。

这件事本来我已经完全忘了，没料到，就在去年，我们曹县的派出所打电话告诉我，说我有两个户口，需要注销一个。原来十几年前，陕西那边虽然学籍被查，没能考试，但是我本人的陕西户口却还住在陕西。曹县派出所的户籍员是个女户籍员，说，人只能有一个户口，问我这两个要留哪一个，好像我有两个儿子，问我要杀死哪一个。这件事根本不用想，我当然说要曹县了。他们说，那需要你本人去陕西亲自把那个陕西的你，注销掉。于是，在那个大大的冷寒天，我不得不千里迢迢奔赴陕西 ×× 县，那边的户籍员也是个女户籍员，她把村里给我开的证明书接了过去。证明书全文如下：

证明：

孙一圣，男，生于 1985 年 × 月 × 日，籍贯山东省曹县申楼镇 ×× 村公民，身份证号为 3729××××××××。系我辖区 ×× 行政村村委会居民户口，户主，孙 ××。

特此证明

山东省曹县 ×××××××

末了盖有村委会的印章。

其实，这张证明是一张无效证明，一点儿用也没有。户籍人员看了一眼，便扔到一边，说，根本没用。她接着说，事情是这么个事情，我们这边查出来也很多，但是不能给你注销，你需要找到给你办的人，联系我们。当年的所有事情早已物是人非，叫我去哪儿找呢。户籍员便叫我写上保证书，保证陕西这边的我是我自己，并且是我自愿注销的。

其实，这里与曹县一样，经过慎重审查，我便把我注销了，并且得到一张注销证明。注销原因我没有填写“重户”，我填写的是“失踪”。

然而，这次我为什么再次回到曹县呢？

是因为高考。

三年前，我爸坚持在曹县给我报考了本科函授教育。于是，为了考本科学士学位，我从北京杀回山东，来考英语。其实，我在北京报考函授也一样，但是，我爸爸固执己见，像是为了弥补他以前的错误，坚持要在曹县给我报考。

由于我准备不足，也因为我已经十多年没有考过试了，过去五次的高考经历我好像已经忘得一干二净。所以，临考前我才想起来，我需要考试专用笔。我跑了五公里才买齐黑色签字笔、2B 铅笔和橡皮。对了，还有一把粉色的塑料的铅笔小刀，用来削铅笔。我买完走在路上，这铅笔、橡皮和幼稚的刀子，叫我以为是给我的儿子买的文具。

我的这个儿子便是我。

最后，我想说我在小说里写的曹县早已不是现实中真正的曹县，而是记忆和虚构拼贴的曹县。而在现实中，这次无论考过考不过，我仍是一个货真价实的曹县人。

孙一圣

2021 年 06 月 07 日

图书在版编目（CIP）数据

必见辽阔之地 / 孙一圣著 . -- 北京 ：新星出版社，2022.6

ISBN 978-7-5133-4866-9

Ⅰ . ①必… Ⅱ . ①孙… Ⅲ . ①长篇小说－中国－当代

Ⅳ . ① I247.5

中国版本图书馆 CIP 数据核字 (2022) 第 055937 号

必见辽阔之地

孙一圣 著

责任编辑 汪 欣
特约编辑 沈丹凝 王心谨
封面设计 李照祥
内文制作 张 典
责任印制 李珊珊 万 坤

出　　版 新星出版社 www.newstarpress.com
出 版 人 马汝军
社　　址 北京市西城区车公庄大街丙 3 号楼 邮编 100044
　　　　 电话 (010)88310888 传真 (010)65270449
发　　行 新经典发行有限公司
　　　　 电话 (010)68423599 邮箱 editor@readinglife.com
法律顾问 北京市岳成律师事务所

印　　刷 山东韵杰文化科技有限公司
开　　本 787mm × 1092mm 1/32
印　　张 9
字　　数 132千字
版　　次 2022年6月第一版 2022年6月第一次印刷
书　　号 ISBN 978-7-5133-4866-9
定　　价 49.00元